# LES FIGURES DE LA PESANTEUR

Couverture Hugues Drouot

ISBN : 2-87711-181-4
ISSN : 1242-5524

Étienne Jollet

# LES FIGURES DE LA PESANTEUR

## Newton, Fragonard et *Les Hasards heureux de l'escarpolette*

ÉDITIONS JACQUELINE CHAMBON

# AVANT-PROPOS

## La pesanteur et la peinture

La pesanteur constitue l'une des caractéristiques physiques fondamentales du monde où nous vivons. Le déséquilibre, la chute mais aussi la perception du poids de son propre corps en rappellent chaque jour l'existence. Plus discrètement, elle intervient dans l'appréhension par l'individu de son environnement — pas seulement sur un plan cénesthésique, mais aussi visuel. C'est pourquoi les physiologistes qualifient notre espace d'« anisotrope » : comme l'indique E. Mach, « les trois directions principales : devant et derrière, haut et bas, droit et gauche, ne sont pas équivalentes[1] ». En ce qui concerne l'anisotropie du deuxième type, « sur un axe vertical, c'est le point le plus haut qui est prioritaire[2] ». La valorisation différente des diverses parties de l'espace « pourrait correspondre à un mode d'activité dont la structure spatiale est liée à celle de l'organisme : la force de gravité, le sol où on marche et où on pose les objets auraient des raisons de susciter un espace à axe vertical orienté[3] ». S'ensuit une modification de la perception des formes : « La plupart des objets changent d'apparence lorsqu'une nouvelle orientation leur est conférée dans l'espace, surtout quand ils sont tournés sens dessus dessous[4] ».

1. Cité par E. Cassirer, *La Philosophie des formes symboliques 2. La pensée mythique,* trad. fr. Paris, 1972, p. 110.
2. M. Reuchlin, *Psychologie,* Paris, 1977, p. 83.
3. A. Lévy-Schoen, « Le champ d'activité du regard : données expérimentales », *L'Année psychologique,* 1974, p. 43-66.
4. W. Köhler, *Psychologie de la forme,* trad. fr., Paris, 1964, p. 198, note 1.

Pourtant, le plus souvent, nous ne prenons pas conscience des effets de la pesanteur. La station debout, caractéristique de l'humain, repose sur un système d'équilibration spontané qui assure l'adéquation de la posture du corps aux modifications de l'environnement. On parle dans ce cas d'« accommodation », c'est-à-dire d'adaptation du corps à l'environnement. C'est l'appareil constitué par l'oreille interne qui réalise cette constante adaptation[1]. On sait en outre, depuis les travaux de J.J. Gibson[2], que la vision joue un rôle majeur dans l'équilibration : l'œil mesure la profondeur et permet au corps de conserver la même position verticale. Les expériences de Stratton et Wertheimer montrent que lorsqu'on inverse le champ visuel du sujet, ou bien qu'on lui fait subir une inclination de 45°, au bout de quelque temps le sujet rétablit la sensation de la verticalité[3]. Tout le problème est dans l'interprétation du phénomène de rectification. La conception empiriste y voit l'utilisation par le sujet de sa connaissance préalable des objets pesants et de leurs propriétés, la conception idéaliste l'explique par l'existence d'un espace conçu *a priori*. Les phénoménologues mettent en exergue le rôle que joue l'intention du spectateur, c'est-à-dire la manière dont il s'imagine actif dans l'espace considéré. Sans s'attacher pour l'instant à la notion d'intentionnalité sous-jacente, une telle remarque met l'accent sur un phénomène psychologique important : le fait que l'on puisse ressentir physiquement (on dira par cénesthésie) ce qui est perçu visuellement[4].

1. A. Thomas, *Équilibre et équilibration,* Paris, 1940.
2. J.-.J. Gibson, *The Perception of the Visual World,* New York, 1950 ; cf. aussi M. Igarashi et F.O. Black (dir.), *Vestibular and Visual Control on Posture and Locomotor Equilibrium,* Bâle, 1985.
3. M. Merleau-Ponty, *Phénoménologie de la perception,* Paris, 1945.
4. L'« illusion de Demoor » en est l'illustration la mieux connue. Soient deux caisses de taille différente et de poids inversement proportionnel à leur taille. On s'apprête à accomplir un effort plus grand pour la grande boîte que pour la petite ; on risque alors de perdre l'équilibre en mobilisant pour soulever la première l'énergie qu'il faudrait en fait pour soulever la seconde.

Le lien entre perception visuelle et perception cénesthésique est d'une importance capitale pour les arts visuels. Il peut enrichir l'appréhension de l'œuvre en faisant du tableau ou de la statue un objet susceptible de faire appel à l'ensemble des sens. À propos de ce phénomène, Bergson parle de « sensation de poids[1] », c'est-à-dire de la possibilité de ressentir ce qui ne s'exhibe pas mais est estimé de manière spontanée par le spectateur. Les formes les plus spectaculaires de la pesanteur, l'équilibre stable, l'équilibre instable et *a fortiori* la chute seront immédiatement repérées mais aussi ressenties. Le plus important ici est que ces divers phénomènes puissent être ramenés à une sensation commune, qui assure l'unification de l'appréhension de la pesanteur.

Les manifestations visibles de la pesanteur jouent un rôle très important dans l'art figuratif occidental. Toute représentation figurative fondée sur la doctrine de la *mimesis*, de l'imitation du monde réel, doit en restituer les effets : l'équilibre des corps, stable ou instable, le poids et, dans le cas d'un déséquilibre, une posture telle qu'elle corresponde à l'intuition cénesthésique du spectateur. À ce titre, c'est avec raison qu'on fait du déhanchement du *kouros* grec, au début du Ve siècle avant J.-C., une étape majeure de l'art occidental[2]. Il constitue une manière d'affirmer l'existence autour de la figure d'un espace conforme à celui de la réalité. Apparaît immédiatement associée à cette première mise en évidence de la pesanteur une caractérisation en termes d'intensité : la pesanteur ne constitue un problème, pour le spectateur, que pour autant qu'il en remarque les effets, que ceux-ci définissent une dimension singulière de la figure. Or le déhanche-

1. H. Bergson, *Essai sur les données immédiates de la conscience,* Paris, 1889, p. 35.
2. Cf. J. Charbonneaux, *La Sculpture grecque archaïque,* Paris, 1945, p. 73 ; cf. aussi M.A. Groenwegen-Frankfort, *Arrest and Movement : An Essay on Space and Time in the Representational Art of the Ancient Near East,* Chicago, 1951 et T. Tikkanen, *Die Beinstellungen in der Kunstgeschichte,* Uppsala, 1963.

ment est un effet discret. Perçu plutôt que vu, il participe à l'élaboration de la vraisemblance, ce qui, sur un plan cognitif, signifie : fonder l'évidence.

L'évidence doit être envisagée à partir de deux points de vue, celui de l'artiste qui la produit et du spectateur qui la ressent. En ce qui concerne l'artiste, la restitution correcte des effets de la pesanteur a fait l'objet, tout au long de l'histoire de l'art occidental, d'une réflexion suivie. L'ensemble des procédés utilisés pour les restituer correctement s'appelle, depuis la Renaissance, la « pondération ». Celle-ci regroupe des effets de nature diverse, l'ombre portée qui ancre la figure dans l'environnement, la création d'un effet de volume, mais surtout la disposition du motif d'une manière telle qu'il ne s'oppose pas à l'équivalence établie par le spectateur entre les caractéristiques pondérales du motif et celles de son modèle réel. Cela signifie que la pesanteur n'a pas à être perçue en tant que telle : la pondération a dans ce cas pour fonction de faire en sorte que la pesanteur ne pose pas problème au spectateur : on dira alors que la pesanteur est « neutralisée ». Cela ne concerne d'ailleurs pas seulement les figures immobiles : il s'agit également, dans les figures en mouvement, celles dans lesquelles s'exerce de manière visible un jeu de forces — parmi lesquelles la pesanteur —, de respecter l'intuition du spectateur. Toutefois il peut arriver, dans le cas d'un déséquilibre, d'une chute, etc., que la pesanteur intervienne sur un plan narratif. On peut parler dans ces conditions de divers degrés d'ostentation.

Ce sont ces effets plus ou moins spectaculaires que le spectateur ressent. À ce titre, on peut considérer qu'il y a une nette séparation entre le plan de la « consommation » de l'effet produit, celui de la pesanteur dans la narration, et le plan de la production de l'effet, celui qu'on appellera le plan technique. De fait, il s'agit là d'une opposition traditionnelle. Mais la pesanteur définit un rapport singulier entre ces deux dimensions, puisqu'elle rend possible le passage d'un plan à un autre. En effet, elle est susceptible de faire l'objet, de la part du spectateur, d'un jugement sur la qualité de la réalisation de l'œuvre (c'est-à-dire sur le plan technique) : la faute dans la restitution des effets de la pesanteur est remarquée quelles que soient les compétences du spectateur. Celui-ci croit en effet pouvoir utiliser à bon escient la connaissance innée qu'il a des effets de la pesanteur dans le monde réel. On appellera « regard technique » l'attention portée à la réalisation matérielle de l'œuvre. Le peintre peut susciter ce regard en accomplissant délibérément ce qui constitue une faute. Les effets poétiques (au sens de la création du sens de l'œuvre) sont immédiats : le spectateur voit dans la représentation un artefact. L'artifice qu'est l'œuvre devient d'autant plus sensible que les effets de la pesanteur, ceux-là mêmes qui apparaissent mal restitués, créaient auparavant un rapport empathique intense avec le spectateur : non seulement parce qu'on passe de la contemplation d'un monde à la dénonciation de son caractère fictif, mais aussi parce qu'on glisse d'une appréhension immédiate, « naturelle », à une appréhension savante — au moins au sens où l'on prend conscience de la dimension technique de l'œuvre. Le passage ainsi opéré d'une saisie immédiate de l'œuvre, selon la modalité de l'évidence, à celle d'une interrogation sur les formes de réalisation est elle aussi d'une grande portée sur un plan poétique : car on en vient ainsi à penser à l'origine de la représentation et donc, au-delà, à la figure de l'artiste. Cela signifie qu'on ne peut s'en tenir à l'opposition entre le plan technique et le plan poétique : le second inclut les procédures par lesquelles nous saisissons techniquement l'œuvre.

On se trouve alors confronté à la question du rapport entre l'œuvre et le spectateur autour d'un problème central, la capacité de celui-ci à dépasser l'illusion. Avec la prise en compte de la technique on voit mis en cause le pacte fondamental selon lequel se fait la contemplation de l'œuvre, qui consiste à négliger l'immobilité réelle des figures représentées en mouvement. Le spectateur n'en tient habituellement pas compte (l'opposition est sémantiquement « neutralisée ») ; dans des conditions particulières, le pacte peut revenir à la conscience. Dans ce dépassement de l'état habituel d'aperception du monde fictif se joue la possibilité d'un passage dans un au-delà de la représentation et un glissement toujours possible vers la considération de l'œuvre en tant qu'artefact.

L'échec dans l'appréhension immédiate de la scène représentée fait que désormais le rapport à l'œuvre ne se réduit pas à l'identification des motifs, non plus qu'à une simple contemplation empathique. Toutefois, il est erroné de réduire l'effet ainsi produit à la seule dénonciation de la fiction. La pesanteur définit des effets qui lui sont propres et qui sont la conséquence de la manière dont elle se manifeste. Celle-ci constitue, du point de vue de l'aperception, un phénomène double : d'une part elle obéit à une logique binaire selon laquelle ou bien la caractéristique (ici la pesanteur) est remarquée, ou bien elle ne l'est pas ; d'autre part, une fois l'étape de la « remarque » franchie, elle relève d'une logique d'intensité (l'effet affecte plus ou moins fortement le spectateur). Ces deux logiques cohabitent déjà dans le terme de « pesanteur » puisqu'il désigne à la fois la loi universelle et sa manifestation positive. En outre la notion même de remarque indique que l'on passe d'un état des choses reconnu un temps comme « naturel », comme conforme au statut attendu du motif considéré, à la prise en compte d'un caractère singulier (soit en lui-même, soit par rapport à son environnement) de celui-ci. Il faut noter que la manifestation peut associer l'idée d'une apparition, c'est-à-dire d'un changement qualitatif, et d'une intensification, donc d'un changement quantitatif. On relie ainsi ce qui correspond à un effet de surprise, ou du moins d'attention portée à un objet totalement extérieur à l'individu, à des formes d'évaluation personnelles liées à la connaissance intime qu'on a du phénomène.

L'importance poétique de la pesanteur vient de ce que son appréhension ne se limite pas à la phase liminaire que nous dénommons « remarque ». Lorsqu'un des motifs est abordé en termes de pesanteur du côté de la norme de représentation (la pondération) ou du côté de la manifestation (du caractère plus ou moins ostentatoire de la pesanteur), les autres y sont spontanément soumis. Dans les deux cas on se trouve renvoyé, soit sur un plan sensible, soit sur un plan cognitif, à une loi, dont le spectateur vérifie spontanément la pertinence sur l'ensemble des motifs susceptibles d'y être soumis. C'est ce qu'on appellera ici le principe de « propagation[1] ». Il permet de décrire le fait que la pesanteur ressortit à une logique de l'attention qui elle-même doit être comprise de manière dynamique, en tant qu'elle détermine des flux organisant la circulation du regard dans l'œuvre.

La pesanteur est une caractéristique qui confère au motif (on désigne traditionnellement ainsi en histoire de l'art tout élément isolable susceptible d'une identification) une grande importance : par rapport à l'« histoire », la narration dans laquelle il s'intègre le cas échéant ; par rapport à l'environnement spatial ; par rapport, on le verra plus loin, à la temporalité. Ce qui importe pour l'instant c'est de noter la manière dont la pesanteur assure un aller retour depuis la manifestation particulière jusqu'à la conscience de la loi. La « propagation » de l'idée de pesanteur dépasse les autres motifs, pour finir par caractériser le monde fictif représenté : on parlera alors de « généralisation ».

Ces opérations de remarque, de propagation et de généralisation sont des processus psychophysiologiques élémentaires qui concernent également le rapport de l'individu à son environnement. Dans le rapport à l'œuvre d'art, cela signifie que le spectateur définit non seulement l'aperception des motifs mais aussi celui de la loi générale qui régit ces motifs. L'ordre spontané, la loi scientifique, la norme plastique : ces trois niveaux d'organisation de l'œuvre se superposent pour définir l'idée d'une globalité en rapport dialectique constant avec le caractère au contraire discret du motif soumis à la pesanteur. C'est ainsi, corollairement, qu'il devient légitime d'étudier les problèmes posés par la restitution des effets de la pesanteur. Car selon le principe de généralisation l'ensemble des motifs représentés et l'espace fictif tout entier deviennent concernés.

1. P. Robert le définit comme le « mouvement par lequel un agent, un phénomène physique s'éloigne de son origine » (*Dictionnaire alphabétique et analogique de la langue française,* Paris, 1967).

Toutefois, la conséquence la plus importante de la prise de distance vis-à-vis de la fiction représentée concerne le passage entre ce qui apparaissait comme l'état normal des choses — ce qu'on appellera l'évidence — et l'apparition de la question de la cause. L' « évidence » peut être conçue comme un rapport entre le sujet et l'objet tel que la nature de celui-ci définisse un monde dans lequel le sujet trouve une place à lui-même immédiatement compréhensible : dans l'espace, dans le temps, dans la causalité[1]. Si, dans la peinture figurative depuis la Renaissance, la pesanteur participe à l'élaboration de cette évidence, en tant qu'elle est remarquée elle renvoie à l'idée d'une cause sous-jacente. C'est pourquoi il faut prendre littéralement les expressions « mise en évidence » et « mise en cause ». L'évidence peut être « mise en cause » tandis que la cause peut être « mise en évidence » : dans le premier cas le caractère de réalité de la scène est limité par l'apparition de ce qui le fonde (la représentation des effets de pesanteur), dans le second la manifestation de la cause constitue le spectacle offert au spectateur. Ce qui importe dans ce double mouvement c'est la possible confusion qu'il engendre entre deux types d'origine : une origine narrative, c'est-à-dire simultanément causale et temporelle ; une origine ontologique, qui rend sensible la question de l'élaboration de l'œuvre.

L'historien de l'art se trouve ici confronté à un objet qui résiste à son investigation, puisqu'il fait apparaître dans l'esprit du spectateur des mécanismes que le spécialiste a l'habitude d'appliquer à son objet, mais non de se voir imposé par des effets spontanés : une élaboration du passage de la fausse évidence du monde aux causes cachées qui le sous-tendent. Le mouvement par lequel on passe de la remarque à la généralisation, mais plus spécifiquement encore de l'observation des phénomènes à la détermination de leur cause, caractérise l'attitude du « savant » vis-à-vis de l'œuvre. Un problème comme celui de la pesanteur montre qu'il est impossible de considérer que ce regard est dans tous les cas

1. Cf F. Gil, *Traité de l'évidence*, Paris, 1993.

pertinent, parce qu'il constitue l'objet même de l'investigation. On retrouve ici une des lois fondamentales de la logique sémantique, celle des niveaux de sens. Lorsqu'une proposition permet de décrire en tant que totalité le niveau de sens duquel elle relève, elle devient inopérante à l'intérieur de celui-ci. On parlera d'un effet de « saturation ».

C'est peut-être cette nécessité de se confronter aux limites d'une approche purement identifiante qui explique le peu d'attention portée en histoire de l'art à la question de la pesanteur. Le mélange constitué par le repérage de formes caractéristiques (les postures d'équilibre, de déséquilibre, de chute) et le passage à première vue subjectif du rôle narratif de ces formes à leur exécution technique semblent interdire toute attitude commune et donc tout établissement d'un discours commun. Mais il suffit d'accepter une logique de l'attention pour mettre en évidence des processus propres à l'interaction entre l'œuvre et le spectateur. Apparaît ici, dans un rapport complexe, le lien entre la part de subjectivité irréductible qui prévaut dans le rapport à l'œuvre et la prise de conscience de l'existence de lois, lois de la pesanteur physique, règles de comportement des individus, règles régissant la représentation des figures. Cela signifie également, sur un plan poétique, la prise de conscience de la contradiction entre les dimensions personnelles et le caractère générique de la loi ; mais aussi la possibilité de définir un langage commun, celui des valeurs associées aux effets de la pesanteur. Changement du sens et changement à l'échelle d'une collectivité définie par un même ensemble de références ; changement de sens justement parce que la pesanteur vaut dans l'œuvre comme synonyme d'atemporalité et de message collectif ; c'est dans ces conditions qu'on doit parler d'une historicité de la pesanteur en peinture, puisque celle-ci n'existe qu'en fonction des valeurs qu'on lui associe.

Parce qu'elle assujettit le motif à une loi générale, mais aussi parce qu'elle l'isole dans l'œuvre en soulignant une de ses caractéristiques, l'appréhension de la pesanteur en peinture ne semble pourtant pas, à première vue, posséder les traits qui en font une catégorie historique, c'est-à-dire à la fois collective et changeante. Elle n'apparaît guère, dans l'historiographie de l'histoire de l'art, qu'à titre de contre-exemple. C'est le cas lorsque E. Panofsky, dans l'un des textes majeurs de la méthodologie de l'histoire de l'art, l'introduction des *Essais d'iconologie*[1], aborde la question pour mieux l'évacuer. L'historien de l'art s'interroge sur la manière dont on reconnaît, dans l'enfant représenté en plein ciel au centre de la *Vision des Rois mages* de R. van der Weyden[2], le caractère divin de l'Enfant : il cherche à démontrer la nécessité de se référer à ce qu'il appelle des « principes régulateurs de l'interprétation », ce qui ici revient à étudier un ensemble de représentations contemporaines constituant une norme de référence. Or la figure n'obéit pas à ce qu'il appelle, de manière générique, les « propriétés "réalistes" du tableau[3] ». Comme le souligne H. Damisch, celles-ci renvoient, dans l'esprit de Panofsky, au traitement perspectif de l'espace[4]. La représentation de l'enfant « en l'air » ne suffit pas à indiquer qu'il s'agit là d'une apparition car on pourrait « citer des centaines de représentations où êtres humains, animaux, objets inanimés semblent suspendus en l'air sans attache ni support, sans que pour autant ils prétendent passer pour des apparitions[5] ». La question de la pesanteur subit ici une double disqualification : elle est évoquée à propos d'une figure qui n'est pas soumise à sa loi et le fait qu'elle compte parmi les « propriétés réalistes » du tableau n'est pas précisé. Elle a en fait valeur de contre-exemple, puisqu'elle constitue l'une de ces dimensions de

1. Trad. fr., Paris, 1967. Panofsky avait déjà abordé la question dans la « Contribution au problème de la description d'œuvres appartenant aux arts plastiques et à celui de l'interprétation de leur contenu », in *La Perspective comme forme symbolique et autres essais,* Paris, 1975, p. 235-255.
2. Berlin, musée de Berlin-Dahlem.
3. E. Panofsky, *op. cit.,* p. 25.
4. H. Damisch, *Théorie du nuage,* Paris, 1972, p. 118.
5. E. Panofsky, *op. cit.*, p. 24-25.

l'expérience quotidienne contre lesquelles Panofsky veut préserver le caractère culturellement déterminé de la représentation picturale et plus particulièrement le caractère historique du traitement plastique des phénomènes naturels. Le même relativisme est repris dans les travaux d'E. Gombrich[1]. En voilà assez pour mettre en cause le faux universalisme de la pesanteur.

Si la pesanteur peut faire l'objet d'une étude, c'est qu'elle devient, dans la peinture post-renaissante, une norme universelle. Sa valeur sémantique est due non seulement au fait qu'elle soit active en tout lieu et en tout temps mais aussi qu'elle soit perçue par tous avec le même caractère d'évidence, c'est-à-dire sans référence à un quelconque savoir. Il apparaît important de tenir compte de la dimension cognitive de la pesanteur, parce qu'elle se situe au centre des motivations les plus profondes de sa mise en évidence comme de sa mise en cause. Car si elle se donne comme évocation de l'universalité, la pesanteur est aussi l'élément qui permet de mesurer toute autre forme de savoir plus élaborée. De fait, elle recèle en elle-même la possibilité de mesurer cet écart, car, si elle peut être expérimentée par n'importe qui, elle est également susceptible d'être l'objet d'investigations savantes. Elle constitue depuis toujours un mystère que des générations de philosophes, puis de savants, se sont attachés à résoudre. La pesanteur vaut alors comme figure de l'évidence, comme représentation du mystère, mais aussi comme référence aux savoirs scientifiques susceptibles d'être utilisés à son endroit. On aura donc intérêt à s'intéresser à ce qu'on appellera le degré de « notoriété » de la notion à une époque donnée. Il apparaît possible de le déterminer, au sein d'un groupe social donné, en prenant acte de l'importance quantitative de l'information produite sur le thème de la pesanteur, quand cette information porte sur une approche savante du phénomène. Cela permet certes de définir un degré de plus ou moins grande « sensibilité », commune à un moment donné de l'his-

1. Cf. *L'Art et l'Illusion,* trad. fr., Paris, 1971.

toire de la culture, pour le problème de la pesanteur. Cela permet aussi de marquer des écarts. Car dans le rapport à l'œuvre d'art le spectateur n'a jamais à utiliser les savoirs scientifiques que le cas échéant il possède sur la pesanteur. Se définit ainsi un écart en termes de compétences qui libère la possibilité d'un rapport à l'œuvre d'autant plus subjectif que s'impose une norme perceptible à tous comme telle.

L'étude de la pesanteur en peinture doit prendre en compte la singularité des œuvres ; cependant, pour présenter la richesse de ses effets, on doit choisir comme objet d'investigation des œuvres dans lesquelles l'artiste les a privilégiés. Dans la thèse de doctorat dont ce livre est tiré, on s'est attaché à l'œuvre de trois artistes majeurs du XVIII^e siècle[1]. Il nous est apparu, à l'étude de la peinture de genre française du temps, que les effets de la pesanteur y jouent un rôle narratif très important : les représentations d'escarpolettes y sont sans nombre, ainsi que celles des chutes, tandis que le goût pour les postures d'équilibre (comme celles des figures aux yeux bandés jouant à colin-maillard) est d'une fréquence remarquable. On en est alors venu à s'interroger sur les raisons de cette récurrence. La présente étude reprend les conclusions générales de ce travail ; mais on a choisi ici une approche monographique, choix qui doit être expliqué. Il s'agit évidemment, pour des raisons éditoriales, de faire court en réduisant le corpus d'étude. Mais il s'agit aussi de pouvoir, grâce à ce choix, aller le plus loin possible dans l'investigation du rôle joué par le travail sur la pesanteur dans la poétique de l'œuvre. Le danger est en effet de s'en tenir à une approche identifiante, consistant à relever les occurrences des manifestations de la pesanteur. L'étude du problème posé par les effets de la pesanteur à une époque donnée n'est féconde que

1. *Figures de la pesanteur. Équilibre et pondération dans la peinture de genre du XVIII^e siècle en France (Watteau, Chardin, Fragonard),* sous la direction de H. Damisch, Paris, École des Hautes Études en Sciences Sociales, 1991.

si l'on replace ensuite la notion dans son rapport avec les autres éléments signifiants de l'œuvre, que si l'on peut voir avec quelque précision comment elle contribue à l'élaboration du sens de celle-ci.

Le problème du choix de l'œuvre et de son statut se pose immédiatement : doit-on y voir un exemple, c'est-à-dire ce qui permet d'illustrer un principe général ? On se permettra de faire référence au rôle imparti par G. Genette dans *Figures III*[1] à la *Recherche du temps perdu* de M. Proust. En prenant appui sur une œuvre singulière, on dégagera des lois générales dont la validité est justement mise en évidence par la résistance qu'opère nécessairement l'œuvre contre l'entreprise de réduction que constitue toute analyse. Le problème de la pesanteur, tel qu'on vient de l'évoquer, possède des caractéristiques qui font d'une approche monographique un mode d'investigation adéquat. L'étude des effets de la pesanteur n'a d'intérêt que lorsque ceux-ci sont utilisés de manière à produire du sens, c'est-à-dire d'apparaître de manière suffisamment puissante pour qu'ils appellent l'attention. Il s'agira donc d'étudier une œuvre dans laquelle les effets de la pesanteur jouent un rôle narratif suffisamment important et se présentent de manière spectaculaire : en soulignant la différence de traitement entre une œuvre singulière et des œuvres similaires, on pourra montrer la logique d'intensité qui prévaut en la matière. En outre, aucune œuvre ne peut de ce point de vue être considérée comme exemplaire, puisque chacune utilise la référence à la pesanteur de manière particulière ; mais inversement, l'étude d'une œuvre isolée peut rendre sensible le fait qu'il s'agit ici de penser le rapport du singulier au général et que le recours à la pesanteur est une manière de définir, par opposition, ce que la scène représentée a d'irréductible à la généralisation.

C'est que l'attention à la pesanteur a rapidement mis en lumière le fait que le plus important, dans le sens qu'elle permet d'élaborer, réside dans la nécessité de suivre des proces-

1. Paris, 1972.

sus, de dépasser la simple identification pour suivre les transformations du rapport à l'œuvre. Or ceux-ci s'établissent dans le temps. L'historien de l'art se trouve alors confronté à un redoutable problème, celui de l'organisation de son propos : car le contraste entre la linéarité du texte et la temporalité à première vue indéterminée du rapport à l'œuvre picturale est saisissant. Ce n'est pas le commencement qui pose ici problème : la mise en évidence de la pesanteur est une opération propre à chacun — chacun étant confronté à la loi commune. On fait donc l'expérience renouvelée du caractère indéterminé de la « remarque », qui peut se faire, qui peut ne pas se faire, dans un mixte indéfinissable dont on ne connaît que les manifestations les plus tranchées, quand la pesanteur s'exhibe sous une forme particulièrement ostentatoire (ainsi la chute). Ce qui compte véritablement ensuite, c'est le jeu d'interrogations ainsi définies, le passage entre la croyance et la défiance à l'égard de la croyance, le passage entre l'acceptation du monde fictif et la vision « technique » du tableau : tout cela n'a de sens que si l'on suit l'œuvre dans ses effets. Car ce qui est ici fondamental, c'est le caractère cyclique du rapport à la représentation, ce qu'on appellera la « reprise », le passage sans cesse recommencé entre la pleine acceptation de l'œuvre en tant que fiction et l'épreuve du néant que celle-ci subit lorsqu'elle est désignée comme objet matériel. L'étude de la pesanteur oblige à définir, au-delà même de la temporalité du rapport à l'œuvre, la manière dont la contemplation de celle-ci s'intègre dans une aventure existentielle personnelle — en quoi elle concerne la vie. On pourra ensuite préciser la portée d'un type particulier d'utilisation de la pesanteur, c'est-à-dire voir en quoi cet emploi singulier est susceptible de devenir un critère de caractérisation de l'art pictural à une période donnée.

La présente étude portera principalement sur les *Hasards heureux de l'escarpolette* de Jean-Honoré Fragonard[1]. Cette œuvre se situe à la fin de la période durant laquelle la pesan-

1. Londres, Wallace Collection, 1967.

teur joue un rôle fondamental. Notre thèse est en effet que la pesanteur devient, dans la peinture de genre en France au XVIII$^{e}$ siècle, un vecteur de signification d'une importance inédite. La valeur accordée à la pesanteur est apparue comme la conséquence d'une véritable crise qui concerne les valeurs accordées à la pesanteur ; elle affecte par ailleurs la pondération et l'ensemble des règles régissant la représentation des effets de la pesanteur. Elle correspond, plus profondément, aux modifications du rapport entre l'œuvre et le discours élaboré à son propos. La naissance de la critique, puis de l'esthétique au cours du XVIII$^{e}$ siècle, la publicité du jugement sur l'œuvre véhiculé au travers de l'« opinion publique » naissante transforment profondément le rapport entre signification et technique dans l'appréhension du tableau. On essaiera de montrer que le spectateur n'est pas le seul à être affecté par ces changements : l'œuvre de Fragonard témoigne de leur influence sur la pratique artistique contemporaine.

# INTRODUCTION

## L'antinomie de la pesanteur dans *Les Hasards heureux de l'escarpolette*

La pantoufle s'envole. Sur l'escarpolette au plus haut de sa trajectoire, la jambe de la jeune femme s'est levée et l'homme au-dessous a vu, il en rougit d'aise tandis que le vieillard qui tient les cordes sourit gentiment. Immédiatement, après avoir joui d'une agréable complicité avec le jeune homme émerveillé, le spectateur s'interroge : à qui la faute dans tout cela ? Ou plutôt à qui l'initiative ? S'agit-il bien d'un « hasard heureux » ? Car le problème est de savoir non seulement pourquoi la pantoufle vole, mais aussi pourquoi la robe s'est ainsi entrouverte. L'alternative est simple : ou bien il s'agit de l'effet mécanique de la pesanteur, ou bien la jeune fille est responsable et de la chute et du spectacle offert. Dans le premier cas, déséquilibrée, elle aura tendu le pied pour se rattraper, et son geste a entraîné le mouvement autonome de la pantoufle. Certains indices corroborent cette explication : le geste de la jeune fille, qui traduit sa surprise, l'émoi du jeune homme, et puis le contexte général d'un monde plaisant, porcelainé, accueillant d'adorables figures. Mais les mêmes indices peuvent être utilisés pour une interprétation opposée : le geste de la jeune fille d'abord, petit doigt et index dressés, faisant naître des doutes sur sa fidélité ; la localisation si judicieuse du jeune homme ; mais aussi l'échange de regard entre elle et l'Amour en face d'elle, qui lui fait signe de se taire ; mais encore, ce pied droit délicatement placé dans les buissons au-dessous qui constituent un écrin contournant avec précision la forme bien cambrée.

Remarquer ce détail, la pantoufle dans le buisson, modifie profondément l'appréhension de l'ensemble : s'ensuit à la fois un arrêt, un retour à la surface et l'aveu que le spectacle est un leurre. Alors le spectateur perçoit l'ensemble des effets de surface : le parallélisme de la pantoufle et du tronc d'arbre à sa gauche, puis l'alignement du bras et de la corde de la balançoire, puis le caractère ostensiblement artificiel de la couleur. La relation entre ces diverses caractéristiques n'est pas fixe : se dessinent seulement des tendances qui permettent de dépasser les oppositions immédiatement perçues entre la nature et l'artifice, entre le mouvement et l'immobilité, entre la tridimensionnalité et la bidimensionnalité : investigation qui finit par ramener à l'explosion d'allégresse qu'est le tableau, dans l'exposition d'une scène anthropologiquement primitive.

*Les hasards heureux de l'escarpolette* est un des tableaux les plus « rapides » qui soient, puisque l'événement représenté ne dure qu'un bref instant et qu'en outre il est immédiatement perceptible. L'étudier revient à décomposer un vertige. Mais ce n'est pas pour autant le trahir. Il s'agit plutôt de tenter de rendre compte des moyens artistiques utilisés par l'artiste. Or les motifs les plus spectaculaires, c'est-à-dire les plus rapidement perceptibles, le mouvement de la balançoire et la pantoufle, mettent en évidence la loi de la pesanteur. Une fois perçue, cette caractérisation des corps peut être retrouvée dans de nombreux motifs. Ce sont ces « figures de la pesanteur » qu'on étudiera ici. Seul le terme de « figure » peut rendre compte du caractère spécifique de notre objet d'étude. Il ne s'agit pas à proprement parler d'un motif (ce qu'on identifie dans le tableau) mais d'un processus : chute, mouvement, simple effet de poids, tout ce qui rappelle l'existence d'un principe unique régissant les corps. L'acception dynamique de « figure » (comme dans « figure de danse »), permet d'évoquer à la fois l'idée de mouvement et l'idée de conventions régissant la représentation. Ces conventions correspondent certes aux normes de représentation du mouvement en peinture ; elles s'inscrivent en outre dans une classification des types d'œuvres picturales : les genres ; classification qui évolue dans le temps. À l'époque de Fragonard, la « hiérarchie des genres » est encore très vivace et la pesanteur prend des valeurs différentes selon la place qu'on occupe dans cette hiérarchie. Dans la peinture de genre, dont relève statutairement *Les hasards heureux,* les diverses « figures de la pesanteur » peuvent être investies d'un sens fixé par un savoir largement partagé qu'on appelle communément la « symbolique » : la loi de la pesanteur physique mise en échec permet d'évoquer la faillite de la loi morale. On verra que ce procédé est omniprésent dans le tableau. Celui-ci n'est pourtant pas une simple illustration symbolique d'une loi : car l'usage des figures de la pesanteur est, on le verra, particulier. On peut toutefois garder le terme de « figure » si on l'entend dans son sens théologique qui, E. Auerbach le rappelle[1], diffère du symbole en ce qu'elle ne nie pas la singularité de l'événement par lequel se manifeste la loi générale.

Or dans *Les hasards heureux,* ce système de valeurs n'est pas universel. Il est concurrencé par l'usage de conventions d'apesanteur emprunté à d'autres genres — l'apesanteur des figures célestes dans la peinture d'histoire, l'apesanteur de certains éléments du paysage dans l'arabesque. La question n'a rien d'étonnant quand on connaît la perturbation du rapport entre les genres caractéristique du XVIIIe siècle. Il y a cependant plus grave : la pesanteur est remise en cause de manière discrète jusque dans la manière de représenter les figures[2]. Il ne s'agit plus d'apesanteur, mais de non-respect de

1. E. Auerbach, *Figura,* trad. M.A. Bernier, Paris, 1993.
2. Cet effet de « non-pondération » sera beaucoup plus aisément perceptible dans d'autres œuvres de Fragonard, mais aussi chez Watteau. Dans les *Hasards heureux,* on notera tout de même que la position de la jeune fille, du fait de sa localisation sur le siège de l'escarpolette, n'est pas en appui sur le sol et que l'intégration de la pantoufle dans le buisson suffit pour percevoir l'ensemble de la figure dans le plan (l'arbitraire du dessin des pieds, leur taille minuscule, y contribuent aussi).

ce qu'on a nommé plus haut « pondération ». L'effet de la non-pondération des corps ne se réduit d'ailleurs pas à son aspect technique : elle rend sensible au fait que la représentation occupe ce qu'au XVIII^e siècle on nomme le « champ[1] » du tableau, c'est-à-dire la surface sur laquelle elle est peinte. Deviennent alors beaucoup plus perceptibles les lois d'organisation de l'espace bidimensionnel, dont on doit noter qu'elles sont évoquées, elles aussi, en termes de pesanteur : d' « équilibre », de « pondération[2] » entre les motifs. Cette confusion dans les termes n'est pas due au hasard. Des lois régissent l'aperception de tout espace clos, que les psychologues de la perception ont bien étudiées mais que depuis longtemps les peintres ont exploitées dans l'élaboration de la composition, celle-ci se devant, dans l'esthétique classique, de rester cachée. Dans les *Hasards heureux,* au contraire, elle est montrée (on dira désormais qu'elle est « ostentatoire »), ce qui n'a rien d'étonnant dans le contexte d'un rapprochement avec l'art décoratif. Le passage au « champ » a un autre effet : il arrête le mouvement qui se manifeste de manière si spectaculaire. Or la question du mouvement constitue un enjeu important au milieu du XVIII^e siècle, parce qu'il est associé à une

1. De la fin du XVII^e siècle au milieu du XVIII^e, le sens semble évoluer. Furetière ; indique que « le champ d'un tableau, d'une tapisserie, c'est le fonds (sic), lequel est d'ordinaire obscur. Il faut rembrunir le champ de cette tapisserie pour en relever davantage les couleurs, le champ de ce tableau pour en détacher les figures. Le champ, le fonds et le derrière signifient la même chose » (A. Furetière, *Dictionnaire universel,* Paris, 1690, art. « champ » ). *L'Encyclopédie* en donne la définition suivante : « (Peinture, Haute-lisse, Marqueterie, etc.). Se dit de l'espace entier qui renferme les objets exécutés, soit avec les couleurs, soit avec les soies, soit avec les pièces de rapport » *(Encyclopédie,* Paris, 1751-72). Nous devrons conserver à l'esprit la possible confusion de la surface et du fond. On dit aujourd'hui, plus communément, la « surface ». Nous conserverons le terme de « champ » à cause de l'ambiguïté de son sens.
2. C'est l'acception qui demeure aujourd'hui vivante. Cf. P. Robert, *op. cit.,* art. « pondération ».

certaine pratique picturale appelée aujourd'hui « rococo » et dont Fragonard passe, en 1767, pour un représentant tardif. L'important est de garder à l'esprit le fait que la question du style fait problème à l'époque de l'élaboration de l'œuvre, et que la critique porte avant tout sur la question de la vraisemblance. Elle l'aborde sous l'angle non pas du rapport à la réalité mais de la possibilité qu'offre la pesanteur de créer l'illusion d'un espace fictif.

La « mise en évidence » et la « mise en cause » conjointes de la pesanteur, ce qu'on appellera ici l'« antinomie de la pesanteur », rendent impossible le recours à celle-ci comme à un simple indice de réalité. On retrouve ici le thème même de l'œuvre, le regard porté par une figure sur un objet que le spectateur ne voit pas mais qu'il connaît. D'où l'importance de la pesanteur dans l'établissement et le dépassement d'une relation de « connivence » au tableau définie grâce à différents systèmes de création du sens : par la symbolique, par le genre, par le style. Se pose dès lors la question de la pertinence des savoirs utilisés pour connaître le tableau. On a vu dans l'avant-propos l'importance du problème d'un point de vue théorique. Pour *Les Hasards heureux de l'escarpolette,* l'importance du rapport aux savoirs est évidente. On passe en effet des jeux sur la compétence immédiate et partagée par tous (ce qui ressortit à la « connivence ») à une interrogation plus profonde, celle qui questionne l'ensemble des savoirs scientifiques sous-tendant la représentation correcte de la pesanteur. La mise en cause des usages traditionnels de la pondération rend l'usage des savoirs sur la pesanteur particulièrement problématiques. C'est qu'il existe, pour les savoirs, l'équivalent de ce qu'on a noté à propos des motifs, c'est-à-dire un effet de propagation. Celle-ci s'opère par un glissement d'un niveau de savoir à l'autre, et ce d'autant plus facilement que ces savoirs, à l'époque concernée, sont plus ou moins étroitement associés, selon la plus ou moins grande familiarité des artistes avec eux. Au XVIII^e^ siècle, en France, la pesanteur devient une question « populaire ». Il s'agit bien sûr ici de son acception scientifique, du fait de l'importance de la notion dans le nouveau système physique dominant : le newtonisme. On aura donc à aborder la difficile question du rapport entre les arts et les sciences au XVIII$^{e}$ siècle. Notons dès à présent qu'il ne s'agira pas de définir un parallélisme total, mais au contraire de montrer comment s'opère, chez certains artistes, une réflexion sur la référence à la science. Ce qui ne signifie pas un assujettissement — on verra même que c'est exactement le contraire chez Fragonard. On tentera de montrer que le peintre prend vigoureusement position contre le scientisme ambiant véhiculé par un discours critique en train de prendre forme, en train de définir ses concepts opératoires : c'est également contre le logocentrisme occidental, tel qu'il se manifeste dans la seconde moitié du XVIII$^{e}$ siècle, dans le privilège accordé au discours critique et esthétique, que le travail du peintre doit être pensé. C'est pourquoi la dernière partie de cette étude porte sur le rôle de la pesanteur dans l'« appropriation » de l'œuvre, c'est-à-dire la manière dont celle-ci à la fois rend possible et refuse son intégration dans l'imaginaire du spectateur.

## PREMIÈRE PARTIE

### La pesanteur et la connivence du spectateur

L'antinomie de la pesanteur a pour conséquence immédiate une interrogation sur le degré de réalité de chaque motif. Identifier un motif, ce n'est pas seulement lui donner un nom, c'est le replacer dans un univers, c'est donc donner une crédibilité à celui-ci, faire croire qu'il existe ; c'est aussi donner à celui qui l'identifie l'agréable sentiment de connaître et donc, d'une certaine manière, de maîtriser ce qu'il voit. Dans les *Hasards heureux,* la compétence requise semble être particulièrement réduite, à cause du thème aussi bien que du mode de représentation. D'une part il y est fait référence à une action relevant de l'expérience commune, le regard clandestinement jeté sur une femme, connue ou désirée par tous ; d'autre part le spectacle est offert dans une explosion intense et immédiate des sensations, sous un violent « accident » de lumière. Il se crée ainsi ce que nous proposons d'appeler une relation de connivence avec le spectateur[1] — c'est-à-dire une complicité partagée à propos d'une faute que l'on tait. Elle s'établit entre le spectateur et le jeune homme, mais aussi entre le spectateur et tous les autres hommes. On définit en

1. Le terme a l'avantage de rendre compte du rapport au regard et notamment de la temporalité très rapide imposé au spectateur par l'œuvre, mais aussi de l'établissement d'une relation de complicité entre le spectateur du tableau et le spectateur représenté : *connivere* signifie en latin « cligner de l'œil » (ce peut être pour manifester cette complicité) ou « fermer les yeux » dans les deux sens que la locution possède en français.

effet ici une scène compréhensible par tous et notamment par les adultes mâles à qui le commanditaire[1] est susceptible de montrer l'œuvre. Or cette connivence est rendue difficile à établir par la mise en cause de la pesanteur, puisque cette donnée joue un rôle de premier plan dans l'établissement de la vraisemblance de l'œuvre, c'est-à-dire de sa conformité au monde visible. Alors que la pesanteur ostentatoire est censée exhiber le caractère naturel de la représentation, l'apesanteur la fait apparaître au contraire comme une simple norme. Ce faisant, elle bouleverse l'interprétation sur trois plans, que l'on présentera dans l'ordre d'évidence décroissante. Le premier niveau est celui qui correspond au savoir rudimentaire auquel fait appel *Les Hasards heureux* : la symbolique, c'est-à-dire un système, fixé par la tradition et censé être universellement connu, de significations attachées à certains motifs[2]. Le second niveau est celui du genre — ici la peinture de genre. Le troisième est celui de l'illusion picturale.

1. On connaît les circonstances de la commande grâce à un passage des *Mémoires* de Collé. Rappelons les circonstances. Un amateur propose à Doyen, peintre d'histoire, de peindre un tableau galant dont il précise le sujet : « Je désirerais (...) que vous peignissiez Madame (en me montrant sa maîtresse) sur une escarpolette qu'un évêque mettrait en branle. Vous me placerez de façon, moi, que je sois à portée de voir les jambes de cette belle enfant, et mieux même, si vous voulez égayer votre tableau » (C. Collé, *Journal et mémoires de Charles Collé sur les hommes de lettres,* Paris, 1868, t. III, p. 165-66). Doyen, indigné, propose de confier le travail à Fragonard, qui depuis quelque temps avait délibérément renoncé à la peinture d'histoire pour s'engager dans la voie de la peinture galante. Il s'agit d'une situation tout à fait classique dans l'érotisme contemporain, notamment dans les théâtres pornographiques. Dans une gravure hollandaise du début du XVIII^e^ siècle, on voit une femme acrobate qui se tient à une corde et, au-dessous d'elle et se tenant l'œil, un homme qui la regarde (C. von Karwath, *Die Erotik in der Kunst,* B.N. F. Enfer 1424, p. 79).
2. Qu'on ne ne s'étonne pas de ce que nous décrétons comme niveau « le plus évident » ce qui ressortit à une logique du secret. Car c'est seulement à partir du moment où il y a secret statutaire (même si tout le...

*Pesanteur et norme symbolique.*

Les manifestations les plus spectaculaires de la pesanteur dans les *Hasards heureux*, le mouvement de la balançoire et le soulier représenté en l'air sont l'un comme l'autre investis d'un sens symbolique précis[1] : le premier évoque le coït, le deuxième le sexe de la jeune femme[2]. Tout cela est évident pour le spectateur contemporain[3], comme l'est le foisonnant ensemble de symboles amoureux : la statue de l'Amour, le dauphin messager, le petit chien, le buisson dans lequel l'homme a pris place, jusqu'au chapeau[4], nombreux sont les

monde est au courant) qu'on peut affirmer qu'il existe un sens fixe. Et c'est ce sens caché-montré que les spectateurs s'attendent à trouver dans l'œuvre.

1. Pour une mise au point sur la question, et notamment le rôle des emblèmes, cf. F. Kemp, « Figuration et inscriptions. Quatre siècles d'emblèmes » in *Figures du baroque* (dir. J.-M. Benoist), Paris, 1983, p. 73-108.

2. La dimension symbolique est d'autant plus marquée que la pantoufle est représentée retournée ; l'intérieur est alors visible par le jeune homme, mais aussi par le spectateur. Cf. la réaction horrifiée de Doyen à la présentation du sujet par le commanditaire : « Ah ! Monsieur, il faut ajouter au fond de l'idée de votre tableau, en faisant voler en l'air les pantoufles de Madame, et que les amours les retiennent » (C. Collé, *op. cit.* p. 167). Fragonard, en omettant les *putti,* a rendu la symbolique plus ambiguë.

3. Cf. à propos du premier thème l'article de H. Wentzel, « Jean-Honoré Fragonards Schaukel : Bemerkungen zur Ikonographie der Schaukel in der bildenden Kunst », *Wallraff-Richartz Jahrbuch,* 26 (1964), 194, p. 187-218 et de D. Posner, « The Swinging Women of Watteau and Fragonard », *Art Bulletin,* LXIV, n° 1, mars 1982, p. 75-88 ; à propos du second, Dr Aigremont, *Fuss — und Schuhsymbolik und - Erotik : Folkloristiche und sexual-wissenschaftliche Untersuchungen*, Leipzig, 1909.

4. D. Posner le rapproche avec beaucoup de pertinence des couvre-chefs qui, dans d'autres œuvres de Fragonard, permettent de préserver la décence des hommes nus (ainsi dans *L'Armoire,* Hambourg, Kunsthall, Kupferstichkabinett).

motifs pourvus de connotations sexuelles plus ou moins transparentes. Le tableau est donc plus qu'une scène de voyeurisme[1] : il s'y annonce une perdition future.

Le problème est que par ailleurs l'attitude de la jeune femme peut laisser penser qu'elle a une part de responsabilité dans l'envol du soulier. Or un objet n'a de sens symbolique que lorsqu'il matérialise un trait caractéristique d'une ou plusieurs figures présentes qui, ainsi isolé, prend une valeur générique. L'objet renvoie alors à des constantes psychologiques de l'humanité qu'exemplifient telle ou telle figure. S'il s'agit ici d'un effet de la pesanteur, alors on peut voir l'illustration du règne du hasard au gré du jeu autonome des forces physiques ; mais si on y voit l'initiative de la jeune femme, alors il n'y a pas de valeur symbolique, à moins qu'on considère que celle de la pantoufle, et plus encore de la chute de la pantoufle, soit connue de la jeune fille. Auquel cas ce serait elle qui jouerait de la symbolique. Or la logique de l'exclusion par le sens patent fonctionne également ici : le sens symbolique n'existe que s'il se constitue indépendamment des figures concernées. S'il est délibérément utilisé par celles-ci, elle ne permet plus de traduire les passions qui les dominent inconsciemment et dont le spectacle est agréable au spectateur, puisqu'il le place, lui qui n'y est pas soumis, dans une posture de supériorité. Dans les *Hasards heureux* non seulement on ne sait à qui rapporter les symboles mais ils perdent, nous dirons par « saturation », la dimension secrète qui les constitue. En outre, parmi ces symboles figurent des sculptures, celles de l'Amour ou du dauphin. Elles sont représentées selon la convention qui en fait des « statues vivantes », c'est-à-dire des figures humaines peintes en camaïeu. Le spectateur en situation de connivence sait que les statues, loin d'être de simples éléments de décor, renvoient à la scène en cours. Mais en même temps, le fait que l'Amour et les *putti*

1. C'est l'aspect qui sera privilégié dans les nombreuses représentations contemporaines de scènes dans lesquelles un jeune homme regarde sous la robe d'une femme (ainsi dans Eisen, *Les Cerises)*.

regardent la jeune femme leur confère un statut narratif quasi identique à celui des figures humaines[1]. Ils ne peuvent être réduits au statut de signes compréhensibles seulement par le spectateur.

Le deuxième facteur est la mise en cause de la portée symbolique des effets de la pesanteur. Il est lié lui aussi à un phénomène de saturation, mais cette fois entre le regard et la symbolique. Car la révélation de la dimension sexuelle par la symbolique érotique omniprésente est prise de vitesse par le regard du jeune homme, qui va droit au but. En fait, plutôt que d'aider à faire comprendre ce dont il s'agit, les symboles érotiques marquent la différenciation des postures de l'homme et du spectateur : nous restons quant à nous exclus du rapport direct entre les êtres. Car l'impossibilité de savoir si les jeunes gens, si la jeune fille et l'Amour échangent un regard crée un second questionnement concernant la relation amoureuse, question qui ne passe pas par une dimension sexuelle immédiate.

Le troisième facteur, à l'évidence le plus radical, est l'antinomie de la pesanteur. Un symbole signifie en effet par sa proximité avec la figure qu'il qualifie, ou encore par sa simple présence, mais ne participe pas à l'élaboration d'un espace tridimensionnel cohérent. Lorsque est systématiquement définie, comme dans les *Hasards heureux*, une opposition entre un espace conforme au monde réel et une surface

1. Dans l'établissement de la logique de « saturation » décrite ici, l'œuvre de Watteau joue un rôle fondateur. C'est lui qui le premier, dans les « fêtes galantes », présente des motifs, fleurs, statues, instruments de musique, susceptibles d'être interprétés en tant que symboles ; mais leur affectation à des individus précis étant impossible, leur signification reste en suspens. Cf. à ce propos notre article « D'un sujet générique : La question de la figure dans les fêtes galantes d'Antoine Watteau », *L'Écrit-Voir,* n° 7, 1985, p. 23-29, ainsi que A.-P. de Mirimonde, « Statues et emblèmes dans l'œuvre d'A. Watteau », *Revue du Louvre et des musées de France,* 1962, n° 1, p. 11-20 et C. Seerveld, « Tell-tale Statues in Watteau's Painting », *Eighteenth Century Studies*, XIV, hiver 1980/81, p. 151-180.

peinte, la lecture des symboles n'est pas perturbée ; mais là encore, les symboles y perdent de leur valeur puisque c'est de l'écart avec la nature matérielle de l'objet que le sens abstrait de celui-ci tire sa signification.

Ces trois facteurs ont pour conséquence de rendre problématique l'interprétation symbolique, sans cesse mise en concurrence avec un rapport immédiat à l'œuvre, celui-là même qui est induit par l'ensemble des effets de pesanteur. L'impossibilité de décider de la suprématie de l'une ou l'autre approche confère une importance privilégiée à la dimension commune aux deux : celle qui s'articule le plus aisément sur le double plan cognitif et intuitif, la chute. Le tableau en effet s'ordonne autour de l'événement de la chute du soulier dont le sens symbolique est la perte de l'innocence de la jeune femme — sa « chute » morale. Il faut donc récapituler brièvement les valeurs de la chute pour comprendre la spécificité de son traitement dans le tableau.

La chute est un événement affectant indifféremment tous les êtres et toutes les choses. Rien d'étonnant à ce qu'elle ait été immédiatement chargée d'une valeur symbolique, donc morale et générique : elle sanctionne la contestation d'un ordre préétabli. Son caractère universel rend vaine toute tentative pour en présenter la fortune en peinture. Nous devrons nous contenter d'en spécifier les emplois susceptibles d'être en rapport avec les *Hasards heureux*. Le sens de péché, d'abord, courant au XVIII^e^ siècle[1]. Le terme participe du champ lexical de la pesanteur associée à l'idée d'un pouvoir divin sans limites[2] qui condamne à la chute tous ceux qui tentent

1. On emploie encore couramment le terme comme synonyme de « péché » — ainsi J. Lambert, prêtre parisien du début du XVIII^e^ siècle, cite en 1716 ce passage de l'*Évangile selon saint Matthieu* (5, 20) : « Que si votre œil vous est un sujet de scandale et de chute, arrachez-le et jetez-le loin de vous » (in M. Chaillou, *La petite vertu. Huit années de prose courante sous la Régence,* Paris, 1980, p. 97).
2. Cf. l'article « Pesant, pesanteur » de l'*Encyclopédie* (tout au long de cette étude, nous ferons référence sous ce titre à l'*Encyclopédie ou dictionnaire raisonné des sciences, des arts et des métiers* (dir.

de le mettre en cause. D'où le succès, à partir de la seconde moitié du XVIe siècle[1], d'emblèmes reprenant des mythes païens, la chute des Géants, Phaéton, Icare[2], Bellérophon, Hippolyte, mais aussi des chutes tirées de la Bible et de l'histoire sainte, de Simon Magus à saint Paul sur le chemin de Damas[3]. Ils servent tous à illustrer des devises invitant à la sagesse[4]. Mais le développement, dans l'Europe septentrionale, d'une peinture s'inspirant des paraboles bibliques modifie l'iconographie : en effet, il peut y avoir référence à la chute,

D. Diderot et Le Rond d'Alembert), Paris, 1751-72) : « (critique sacrée) : Ces mots au figuré signifient *poids aggravant* : la *pesanteur* de la main de Dieu, dans l'Écriture, est un terme métaphorique, qui marque la vigueur de ses châtiments ».

1. Cf. M. Praz, *Studies in 17th Century Imagery,* Londres, 1939-47 et A. Henkel et A. Schöne, *Emblemata. Handbuch zur Sinnbildkunst des XVI. und XVII. Jahrhunderts*, Stuttgart, 1967. Les principaux recueils d'emblèmes sont les *Emblèmes* d'Alciat (1531) et l'*Iconologie* de C. Ripa (1539).

2. Cf. R. Vivier, *Frères du ciel. Quelques aventures poétiques d'Icare et de Phaéton,* Paris, 1961 et M. Eidelinger, « Le mythe d'Icare », in *Cahiers de l'Association internationale des Études françaises,* n° 25, mai 1973.

3. Cf. le catalogue de l'exposition organisée par P. Greenaway au musée du Louvre, *Le Bruit des nuages*, Paris, 1992. C. Ginzburg a noté la fréquence du mythe d'Icare dans les illustrations des *Emblèmes* d'Alciat, cf *Mythes, emblèmes, traces,* Paris, 1990, « Le haut et le bas », p. 97-112. Le thème d'Icare est traité encore au XVIIIe siècle : les sculpteurs Vinache et Slodtz exposent au Salon une Chute d'Icare, le premier en 1739, le second en 1743 (cf. notre communication au Congrès national des historiens de l'art français, Montpellier, 1996 : « La valeur narrative du sol dans la sculpture française du XVIIIe siècle » ).

4. Cf. A. Henkel et A. Schöne, op. cit. : le mythe de Phaéton illustre les devises « medio tutissimus ibis » (p. 1615), « noli altum tendere » et « altum sapere pericolosum » (p. 1616) ; Icare, « Ingenium mala saepe movent » (p. 1616), « faire tout par moyen » (p. 1617), Hippolyte, « consilium pravae mulieris » (p. 1661) ; Bellérophon, « Consilio, et virtute chimarean superari, id est, fortiores et deceptores » (p. 1161), « ne nimis alta pera », « in magnis et voluisse sat est » (p. 1662).

à la symbolique de la chute, sans emploi des mythes, donc de figures identifiables. Ainsi dans la *Parabole des aveugles* [1] de Brueghel : si l'œuvre illustre encore un texte précis[2], son thème appelle un regard différent de celui requis par une chute d'Icare ou de Phaéton. Car ici l'acceptation de la portée morale est immédiate, non pas tant du fait d'une identification du spectateur avec les figures représentées que par la relation établie avec le paysage dans lequel la chute a lieu. Le paysage, dès lors que se manifestent les effets de la pesanteur, devient porteur de sens : il représente l'ordre du monde mis en cause par l'erreur de ceux qui tombent. D'où l'immense horizon de la *Chute d'Icare*[3] et la quasi-disparition de la figure éponyme ; d'où, dans la *Parabole des Aveugles,* la présence d'un paysage connu de tous (le village, le clocher indiquant la présence vigilante de Dieu).

*La pesanteur et la norme du genre : érotisme et comique dans la peinture de genre.*

Dans ces conditions, pour peu que le texte de référence soit moins aisément identifiable, le message se brouille, d'autant que par lui-même le rappel de la pesanteur recèle de quoi provoquer une réaction émotionnelle spontanée : le rire. Les aveugles de Brueghel sont pitoyables mais aussi comiques ; le rire ici accompagne la condamnation. Il peut aussi finir par l'emporter, lorsque la référence évidente à un message religieux ou moral disparaît. On pose en fait ici le problème général de la symbolique dans la peinture de genre et du même coup de la définition de celle-ci. Au XVIII^e^ siècle, on la définit négativement : « le nom que l'Académie donne à tout ce qui n'est point Histoire[4] » et cette définition négative reste encore

1. Naples, Gallerie Nazionali di Capodimonte.
2. Matthieu, XV, 14 et Luc, VI, 39.
3. Bruxelles, Musées Royaux des Beaux-Arts.
4. *Affiches, annonces et avis divers,* 7 octobre 1769, p. 155.

souvent employée aujourd'hui[1]. On pourrait proposer une définition positive : la représentation d'êtres anonymes pris dans des activités quotidiennes. Mais il s'agit là d'une valorisation restrictive par rapport à ce qu'indique par exemple Diderot, pour qui le terme de « peintre de genre » associe « indistinctement, et ceux qui ne s'occupent que des fleurs, des fruits, des animaux, des bois, des forêts, des montagnes et ceux qui empruntent leurs scènes de la vie commune et domestique[2] ». Il ne faut donc pas vouloir restreindre cette acception, mais plutôt prendre acte de l'existence d'un ensemble aux contours flous, défini par opposition aux formes nobles du savoir humaniste. C'est de ces deux caractéristiques, imprécision du genre et distance vis-à-vis des savoirs que va jouer Fragonard.

Comme on sait, la peinture de genre a connu un énorme succès dans les Flandres et la Hollande du XVIIe siècle, dont la production constitue encore au XVIIIe siècle une référence obligée pour les peintres français. L'existence de la symbolique dans ces œuvres est encore aujourd'hui sujette à polémiques[3].

1. Ainsi par M. Friedländer : « La peinture de genre est une notion vague, aux frontières indécises, qui est plus aisément définissable négativement que positivement. Ce qui, dans la peinture, tout en relevant des faits et gestes des hommes, ne représente rien de significatif sur le plan de l'histoire, de la religion ou de la mythologie, n'est pas transcendé ou sanctifié par la science, la pensée ou la foi, tombe dans le domaine du genre » (*Essays über die Landschaftsmalerei und andere Bildgattungen,* La Haye, 1947, p. 191 ; notre traduction).
2. D. Diderot, *Essais sur la peinture*, in *Œuvres esthétiques*, éd. P. Vernière, Paris, 1968, p. 725.
3. On peut résumer la polémique en opposant les noms d'E. Panofsky et J.B. Bedaux. Le premier, suivi par E. de Jongh, considère qu'il existe des motifs doués d'une signification fixe et secrète, ce que nie le second (cf. respectivement *Les Primitifs flamands*, trad. fr. Paris, 1992 et *The Reality of Symbols. Studies in the Iconology of Netherlandish Art 1400-1800,* Gravenhage-Maarsen, 1990. S. Alpers dans *The Art of Describing. Dutch Art in the Seventeenth Century*, Chicago, 1983, prend une position similaire en montrant un exemple de symbolisme ostentatoire (p. 233 : *Couple avec enfant,* Rijksmuseum).

On s'accorde généralement à voir une évolution que E. de Jongh nomme poétiquement « évaporation[1] », évoquant ainsi la disparition progressive du sens symbolique au profit d'un rapport de plaisir : plaisir de contempler un monde riche et prospère[2], plaisir de rire à propos de ce qui est représenté. Cette conception paraît pertinente tout particulièrement au XVIII^e siècle en France, avec la popularité des thèmes érotiques et comiques à la fois. La chute demeure l'un des motifs les plus fréquents[3] des œuvres à portée morale tant en littérature qu'en peinture. D'où le succès, dans la fable comme dans la peinture de genre[4], du motif du château de cartes[5] ou du jet d'eau[6]. Mais on aime aussi à utiliser la chute dans un contexte érotique, ainsi autour du thème du carrosse renversé : « La

1. E. de Jongh, « Realisme et schijnrealisme in de Hollande schilderkunst van de zeventiende eeuw », in *Rembrandt en zijn tijd* (catalogue d'exposition), Bruxelles, Musées d'Art et d'Histoire, 1971, p. 143-194.
2. Cf S. Schama, *The Embarrassment of Riches. An Interpretation of Dutch Culture in the Golden Age,* Londres, 1987.
3. Florian définit ainsi la jeunesse : « Aller de chute en chute » ,(« Le Voyage », in M. Allem, *Anthologie poétique française, XVIII^e siècle,* Paris, 1966, p. 438).
4. On pense bien sûr aux tableaux de Chardin (cf. P. Rosenberg, *Tout l'œuvre peint de Chardin,* Paris, 1983, n° 102, 103, 105, 109).
5. Cf. Florian, *op. cit.*, mais aussi Gellert : l'enfant construit un château, « mais le Zéphyr jaloux renverse tout l'ouvrage » (in C. Boulanger de Rivery, *Fables et contes,* Paris, 1754, p. 39).
6. Cf. Dorat, « Le jet d'eau et le réservoir » : il suffit qu'« un des canons se brise » pour que « Notre orgueilleux commence à se connaître : /Il baisse, il tombe, il ne peut plus aller. / Il est à sec. Vous devinez peut-être /De ma fable quel est le sens : / Appauvrissez le peuple, adieu l'éclat des Grands » *(Le Fablier français,* Paris, 1771 ; ou Pélissier, opposant « Le jet d'eau et le ruisseau » dans une fable dont la moralité est : « Plus de liberté, moins d'éclat » (in M. Allem, *op. cit.*). Le motif peut avoir aussi un emploi pornographique plus ou moins voilé comme dans les *Jets d'eau* de Fragonard (A. Ananoff, *L'Œuvre dessiné de Jean-Honoré Fragonard* (1732-1806), 4 vol., Paris, 1961-70, fig. 622, n° 198).

nuit un coche ayant versé, on tomba les uns sur les autres[1] ». On notera que lorsque Diderot fait référence, dans *Jacques le fataliste,* à l'œuvre de Fragonard, c'est à propos d'un de ces carrosses renversés[2]. De manière générale, Fragonard s'est inscrit très tôt dans cette tradition de l'œuvre à la fois érotique et comique : ainsi dans les *Bergère*[3], des œuvres de jeunesse, où une chute à la fois physique et morale menace les figures souriantes. L'association des deux dimensions s'explique simplement : on se trouve en présence d'œuvres décoratives (il s'agit de panneaux peints). La chute comme élément comique tempère ce que la figure peut avoir de trop directement séduisant[4] ; la chute en tant que symbole érotique « pimente » la scène.

1. Grécourt (J.-B. J. Willart de), « Le coche versé » in *Contes,* Paris, 1761. Le thème conserve par ailleurs sa valeur de version séculière du mythe de Phaéton, ainsi chez Barbe, à propos d'un « jeune fat » : « Monsieur n'arriva pas pour être trop pressé » (in *Le Fablier français,* Paris, 1771, II, p. 63.
2. Jacques décrit à son maître un tableau vu en rêve : « Voyez au milieu de la rue un fiacre, la soupente cassée, et renversée sur le côté ». Le maître apprécie : « Comment diable ! Jacques, ta composition est bien ordonnée, riche, plaisante, variée et pleine de mouvement. À notre retour à Paris, porte ce sujet à Fragonard, et tu verras ce qu'il saura en faire ». Le carrosse renversé est un thème des plus fréquents cf. le *Roman comique* de Scarron (les mésaventures du curé de Domfront) ; La Fontaine, « Le curé et la mort », Fables, livre VII ; Dorat, *Le pot pourri,* in *Œuvres complètes,* Paris, 1764-80, t. II, p. 47, Roy *(Le Fablier français,* Paris, 1771, II, p. 63), Barbe (Ibid., p. 343), etc.
3. Detroit, Institute of Art ; The University of Vermont, Robert Hull Fleming Collection ; Suisse, coll. privée.
4. Domine l'idée selon laquelle il faut éviter la pure pornographie : cf. ce passage d'une lettre de Lothar von Schönborn du 10-10-1708 : « Une Suzanne et la Putiphar seraient assez de mon goût ; quant à la nudité, je ne m'en scandaliserais pas trop dans les peintures, pourvu qu'elle ne soit obscène, et qu'il n'y ait pas des actions ou gesticulations infâmes », cité par F. Haskell, *Patrons and Painters,* New Haven et Londres, 1980, p. 195. La solution choisie par Fragonard lui vient de son maître Boucher : il représente des femmes au corps d'enfant.

Ainsi la symbolique perd-elle peu à peu de sa puissance pour en arriver à définir seulement une relation de connivence. On fait appel à ce qu'on nomme le savoir « gnomique », c'est-à-dire la conception de l'homme partagée par les membres d'une communauté culturelle. Évoquer aimablement la sexualité, c'est créer ce lien autour d'un faux secret — cela vaut bien un « clin d'œil ». Mais ce serait ne pas tenir compte de la spécificité des effets de la pesanteur en peinture. Un motif immobile, objet ou figure, lorsqu'il est repéré comme symbole, est intégré dans un discours préexistant ; tel n'est pas le cas des figures de la pesanteur. En effet, l'attention qu'on leur porte à cause de leur statut symbolique fait qu'on s'y arrête. Cet arrêt peut déterminer différentes formes d'investissement. La première est celle de l'identification : ceci est une chute (ou un mouvement pendulaire, etc.). Le terme est immédiatement récupérable par le discours sous l'espèce de la métaphore ; ainsi est réalisée l'opération symbolique. La deuxième est une projection imaginaire par identification permise par les caractéristiques propres aux effets de la pesanteur : la figure chute, je pourrais chuter (tant physiquement que moralement). Alors s'ouvre une tout autre dimension, irréductible à la simple leçon morale. Car désormais s'établit un rapport psychophysiologique qui n'est pas de plaisir, mais plutôt de menace. La chute, même seulement évoquée, ouvre un abîme que la pensée réfléchie ne peut combler à elle seule et qui ne peut l'être que par le rire : on se moque de l'autre, de celui qui tombe.

Dans les *Hasards heureux*, la jeune femme n'est pas représentée directement en chute. L'évocation se fait par association d'un sens symbolique et d'un événement : la chute du soulier, qui prend alors une valeur symbolique par métonymie. Cette procédure indirecte constitue une « euphémisation[1] » dont l'enjeu est important. Elle incite en effet le

1. Nous reprenons à dessein le terme employé par G. Durand dans une question (rhétorique pour lui, véritablement ouverte pour nous) centrale pour notre étude : « Cette euphémisation du temps mortel...

spectateur à jouir de la liberté qu'il a d'amplifier par l'imagination le spectacle à lui offert[1]. Ainsi, en opposition à la scène si plaisante et si colorée, les effets de la pesanteur font naître une vision beaucoup plus sombre, caractérisée par des mouvements imaginaires[2], par un possible effondrement, par une menace virtuelle.

La menace, bien sûr, est ici lointaine. C'est pourquoi il est si facile de réagir, comme nous y convie Fragonard, par le rire. Les effets de la pesanteur et particulièrement la chute jouent ici leur rôle : depuis Studius, les artistes utilisent volontiers

(la chute), cette esquisse d'antiphrases ne serait-elle pas un des éléments surdéterminants de la banalisation de la chute, une motivation de sa sexualisation » *(Structures anthropologiques de l'imaginaire,* Paris, 1969, p. 128).

1. Celui-là même que Fragonard utilise dans d'autres œuvres, ainsi dans *Perrette* où, à la suite d'Oudry, il fait chuter la laitière et non plus seulement le pot au lait (cf à ce propos notre article, « Gravity in Painting. Fragonard's *Perrette* and the Depiction of Innocence », *Art History,* vol. 16, n° 2, juin 1993, p. 266-85).

2. C'est seulement dans cette optique d'un effet en retour de l'interprétation que nous pouvons marquer le passage de la symbolique à ce que Bachelard et ses disciples nomment le symbolique, c'est-à-dire à l'ensemble des traits fondamentaux des rapports fondamentaux au monde physique, tels qu'ils informent notre vie psychique. Il nous semble que l'hypothèse de l'existence d'un tel ensemble correspond en fait à une attitude de sécurisation vis-à-vis du monde, en nommant et en classant ce que l'on perçoit confusément. Mais il est à nos yeux très dangereux (et pour tout dire faux) de considérer ces valeurs sans tenir compte des conditions dans lesquelles elles interviennent, c'est-à-dire l'œuvre dans sa double complexité de motifs et d'attitudes d'interprétation proposées. Le fait que Bachelard ne fasse que citer est à cet égard révélateur : il isole ce qui dans l'œuvre est joint — et la question esthétique est justement celle du rapport entre la connexion des motifs au sein d'un espace cohérent et l'isolement de chacun d'eux du fait de sa signification symbolique. On se référera, pour la question de la chute, à *L'Air et les songes. Essai sur l'imaginaire du mouvement*, Paris, 1942.

la chute à des fins comiques[1] et elle reste aussi une composante fondamentale du comique littéraire contemporain[2]. Si la chute apparaît malséante dans la peinture d'histoire[3], elle s'épanouit dans la tradition issue de la peinture de genre fla-

1. « Bien connues parmi ses œuvres sont celles où l'on voit des hommes qui, près d'une demeure campagnarde à laquelle on accède par un marécage, ont pris des femmes sur leur dos avec engagement de les transporter et qui chancèlent, à la grande frayeur de leur fardeau, ainsi que bien d'autres détails expressifs du même ordre et où se révèle la finesse de son humour » Pline l'Ancien, *Histoire naturelle,* éd. J.-M. Croisille, Paris, 1985, livre XXXV, par. 117. Pour la seconde moitié du XVIIIe siècle, cf. ce commentaire d'une *Noce de village* de Jeaurat : « Il aurait fallu des danses, des sauts et des culbutes, des Colins yvres et chancelants, des Colines riantes (sic) à gorge déployée » (*Jugemens d'un amateur,* 1753, Del. V, p. 214-36. On renvoie ainsi à la collection Deloynes de la Bibliothèque Nationale, avec la pagination du volume puis celle, indépendante, de la brochure).
2. Cf. les nombreuses chutes qui ponctuent *Jacques le fataliste* de Diderot ; le texte le plus célèbre car un des plus virtuoses est sans doute la description de la chute de Ragotin dans le *Roman comique* de Scarron. Le texte est illustré au XVIIIe siècle par Pater. Cf. dans la comédie italienne les *Arlequin Phaéton* de l'abbé Marchaty (1721), le Phaéton de Dominique et Romagnesi (1731) et de Riccoboni (1743), le *Polichinelle Phaéton,* etc.
3. La peinture d'histoire peut être définie comme la représentation d'événements tirés de la « fable », c'est-à-dire de l'ensemble des récits évoquant la mythologie antique, mais aussi de Bible et de l'histoire de France. Cf. Félibien : « L'on trouve à redire dans un tableau du Dominiquin, de ce qu'en représentant le martyre de saint André, il y a un des bourreaux qui s'étant laissé tomber en tirant une corde, donne sujet de rire aux autres qui se moquent de lui par des gestes trop grossiers : parce que cette expression étant indigne d'un sujet si sévère, au lieu d'attirer les yeux et la compassion des regardans sur le Saint qu'on martyrise on est distrait par ces actions ridicules » *(Conférences de l'Académie royale de peinture et de sculpture,* Londres, 1705, préface). Même commentaire de Laugier à propos d'un *Jésus chassant les vendeurs du temple* contre les « grimaces les plus ridicules et les culbutes les plus burlesques » *(Manière de bien juger des ouvrages de peinture,* Paris, 1771, p. 122).

mande et hollandaise. Car elle relève de deux types de comique, qu'on pourrait nommer de « participation » et de « domination[1] » : soit le rieur se fait complice, soit il se moque ; soit l'on représente de délicieuses scènes d'enfants et de mères attentionnées, issus du même milieu social que le spectateur, soit l'on souligne la grossièreté paysanne. L'alternative se retrouve dans les *Hasards heureux*, avec d'un côté la démonstration de l'existence d'une puissance supérieure, hasard ou destin, de l'autre l'initiative de la jeune femme ou du jeune homme. Il n'y a pas vraiment d'hostilité directe envers qui que ce soit : le vieil homme est certes trompé, tout souriant qu'il est, mais on ne se moque pas de lui[2] ; l'érubescence du jeune homme montre qu'il est encore sensible ; c'est plutôt la jeune fille et le sort à elle promis par la symbolique qui peuvent susciter un ricanement. Peut-être plus encore : elle est réduite à l'état de simple objet. On pense à l'une des sources du rire selon Bergson : « Nous rions toutes les fois qu'une personne nous donne l'impression d'une chose[3] ». Mais le doute sur son degré de responsabilité dans la scène présentée laisse en suspens la signification — ce que corrobore l'antinomie de la pesanteur, qui empêche de prendre la chute au sérieux, d'aller jusqu'à l'image terrible de la vraie chute. Cependant celle-ci, négativement, est évoquée : on passe ainsi sur un abîme refermé aussitôt qu'ouvert. En ce sens Fragonard ne nous semble pas vouloir ignorer la violence et la destruction, sur le mode de ce que Baudelaire appelle le « comique absolu[4] » : mais il fait le pari de pouvoir le maintenir

1. La question du comique est un de ces nombreux domaines vierges de l'histoire de l'art. La plupart des rares études qui y sont consacrées s'en tiennent à la caricature. *XVIIIe* consacre son numéro de l'an 2000 (n° 32) au thème du rire au temps des Lumières.
2. Son costume ambigu le protège : il est difficile d'y voir le traditionnel vieux mari trompé. Peut-être s'agit-il d'un ecclésiastique.
3. H. Bergson, *Le Rire*, in *Œuvres,* éd. A. Robinet, Paris, 1959, p. 414.
4. C. Baudelaire, « De l'essence du rire », in *Œuvres complètes,* éd. Y.-G. Le Dantec, Paris, 1961, p. 980.

sous son aspect positif, en tant que forme paroxystique contre laquelle l'interprétation symbolique (équivalent ici à ce que Baudelaire appelle le « comique significatif » ) vient se briser[1].

Ce qui demeure, après la phase de repérage des motifs symboliques et l'expérience de leur portée limitée, c'est notre rivalité avec le jeune homme. Elle était purement visuelle au début ; elle s'est enrichie d'une référence à une scène imaginaire directement érotique ; celle-ci s'effaçant, demeure d'elle la relation première. Et c'est là qu'intervient l'efficace morale de l'œuvre qui nous oblige à réfléchir à notre propre posture, mais surtout à cet étrange phénomène qu'est le regard de désir, dans lequel la singularité du spectateur en tant qu'individu se perd : en effet, celui-ci est non seulement en concurrence avec le jeune homme, mais aussi avec tous les autres spectateurs. La dimension purement érotique de l'ensemble est atténuée du fait de sa mise en évidence. Cette dévalorisation se fait au profit du rapport existant entre les figures. Or ce rapport est défini dans les *Hasards heureux* de manière à jouer sur les conventions propres aux différents genres. Parmi ces conventions, celles qui portent sur le poids des corps jouent un rôle déterminant.

*Le poids et le jeu sur les genres.*

Un tel jeu n'a rien de surprenant dans la seconde moitié du XVIII$^{e}$ siècle. La peinture de genre, lorsque sa thématique est galante, tend parfois à se confondre avec une peinture d'his-

1. On pourrait peut-être voir une tentative similaire dans *L'Accident* de H. Robert, œuvre exposée au Salon de 1793 et ainsi décrite dans le livret : « Un jeune homme ayant grimpé au haut d'un monument antique pour cueillir des fleurs tombe dans un tombeau qui, parmi d'autres débris d'antiquités, se trouve au pied du monument » (n° 198). Il s'agit d'un effet de comique que nous qualifierons de « saturation » — il ne laisse aucune possibilité de penser à la mort elle-même puisque la mort est représentée au travers de l'image du tombeau.

toire plaisante[1]. On pourrait même aller jusqu'à dire qu'il s'agit là d'un faux problème, puisque la distinction repose sur une hiérarchie des genres, établie par une Académie royale de peinture et de sculpture incapable de la faire respecter sur le marché de l'art. Pourtant elle importe ici pour deux raisons. La peinture de genre est par excellence le lieu de convergence des différents genres[2], et par voie de conséquence des normes propres à chacun de ceux-ci. Or la pesanteur, sous l'espèce du poids, constitue un critère de différenciation net des genres. Le premier est l'art décoratif, où s'opère un jeu légitime sur le poids ; le deuxième est la peinture de genre dans laquelle la pesanteur règne sans partage, puisqu'il s'agit d'évoquer le monde réel ; le troisième est la peinture d'histoire, dans laquelle le monde céleste, caractérisé par l'apesanteur des figures, peut être représenté.

Avant d'évoquer la manière dont Fragonard joue de ces conventions dans les *Hasards heureux*, il est nécessaire de prendre la mesure du degré de notoriété[3] de la question du poids au XVIIIe siècle. Savoir que la question du poids se pose avec acuité à l'époque modifie la manière dont nous appréhendons ses effets dans l'œuvre. Car selon qu'il s'agit d'une question notoire ou non, l'appel est plus ou moins direct vis-à-vis du spectateur. Or le poids fait au XVIIIe siècle l'objet d'une valorisation inédite. Depuis l'Antiquité, il est associé au monde terrestre. Il permet ainsi de traduire la nature humaine du Christ. D'où le succès, comme le fait remarquer M. Baxandall, du thème de la lamentation sur le Christ mort[4]. Représenter le corps d'un mort est considéré par Alberti comme « la chose la

1. Ainsi, au début du siècle, chez Santerre (cf. C. Bailey et al., *Les Amours des dieux. La peinture mythologique de Watteau à David,* cat. exp. Galeries nationales du Grand palais, oct. 1991-jan. 1992).
2. En littérature, l'étymologie de la *satura* antique renvoie à l'idée du mélange (la « macédoine » de légumes...).
3. Au sens sémantique du terme, c'est-à-dire la connaissance plus ou moins répandue d'une notion.
4. M. Baxandall, *Les Humanistes à la découverte de la composition en peinture,* trad. M. Brock, Paris, 1989, p. 164.

plus difficile car c'est autant le fait d'un grand artiste de montrer les membres au repos dans toutes les parties du corps que de les rendre vivants et en train d'accomplir une action[1] ». La valorisation reste constante à l'époque moderne : on remarque la correction de la représentation du poids des corps[2]. Mais à partir du début du XVIIIe siècle, il nous semble que se manifeste une attention nouvelle au poids, qui n'est plus seulement conçu au sein d'une logique d'équilibre des corps. Tout d'abord, le poids, selon Dubos, doit être vraisemblable[3]. Ensuite, le développement de la critique d'art oblige à être attentif à la restitution correcte des effets de la pesanteur, et ce d'autant plus que les critiques privilégient tout ce qui correspond à l'intuition sensible. En témoigne par exemple la question posée par un critique à propos de la *Jeune Mariée* de Vien : « Ce lit ne devrait-il pas plier davantage sous le poids qui le presse[4] ? » La sensualité sous-jacente au propos n'est qu'une variante de l'intérêt porté au poids. C'est lui qui permet à Caylus de souligner, à propos d'un de ces *Nouveaux sujets de peinture* [5] qu'il propose

1. L.-B. Alberti, *De la peinture,* p. 165. Cf. aussi Léonard de Vinci, *Traité de la peinture,* éd. A. Chastel, Paris, 1987, p. 236.
2. Cf. par exemple les commentaires de P. de Champaigne sur *La Mise au tombeau* de Titien : « On y voit une chute et une pesanteur de tous les membres » (A. Félibien, *Conférences de l'Académie,* deuxième conférence, Londres, 1705, p. 14).
3. « Encore moins faut-il faire porter à une figure un tronçon de colonne, ou quelque autre fardeau d'une pesanteur excessive et au-dessus des forces d'un Hercule » (J.-B. Dubos, *Réflexions critiques sur la poésie et la peinture,* Paris, 1993 (éd. 1755), p. 86).
4. *Le Littérateur au Sallon*..., 1779, Del. XI, p. 519/11.
5. Paris, 1755. De nombreux sujets donnent une place importante aux effets de la pesanteur : la chute (Phrixus et Hellé, p. 58) ; le poids (Vulcain suspend Junon avec deux enclumes aux pieds, p.10 ; Egon, athlète célèbre, traîne par les pieds en haut d'une montagne un taureau pour en faire présent à Amarillis, p. 42 ; la vestale Claudia tire un vaisseau : « Tout concourt à prouver le poids immense qu'elle tire avec facilité » p. 38), l'élasticité (Sinis attache ses victimes à des branches de pin courbées jusqu'à terre et ensuite relâchées, p. 143).

aux artistes (les enfants de Catanée portant leurs parents) : « Le poids respectable, et plein de contraste dont ces jeunes gens sont chargés, intéresse tous les spectateurs[1] ».

L'indication est précieuse. Elle montre que l'enjeu du poids n'est pas seulement la vraisemblance : il est susceptible d'attirer l'attention du spectateur par un effet de « sympathie » au sens premier du terme, la capacité de projection de soi dans l'individu représenté. En cela, le poids ne se distingue pas des autres effets de la pesanteur. La différence réside plutôt dans le fait qu'il est ici associé à un corps reconnu comme forme agréable à l'œil (« plein de contraste », c'est-à-dire définissant une tension entre les différentes parties du corps). Le poids a donc partie liée à la conception générale du corps humain. Au XVIIIe siècle, c'est sans doute Hogarth qui a le mieux théorisé cette nouvelle approche. Dans le chapitre XI de *L'Analyse de la beauté*[2], il propose une théorie des proportions qui, au lieu d'être conçues comme à l'accoutumée par rapport à un module de base, sont rapportées au poids. Il est fait appel à la capacité innée de tout homme de l'évaluer par le regard : « Quant aux doubles sensations de grandeur et de mouvement, ne voyons-nous pas, en quelque sorte, au premier coup d'œil, si un levier est trop court ou trop faible pour une puissance donnée[3] ? » Hogarth va plus loin. Il définit le canon physique en termes de poids. La figure idéale s'obtient en faisant converger les figures opposées d'Atlas, celui qui soulève et dont la posture rend visible le poids et de Mercure, le dieu ailé, jusqu'au « moment où ces deux figures seront parfaitement semblables et d'un poids égal[4] ». Diderot, dans le *Salon de 1765*, malgré les critiques émises à propos de Hogarth, reprend cette définition du corps idéal, à ceci près qu'il remplace Atlas par Hercule et Mercure par Antinoüs. Cette modification correspond

1. Ibid., p. 28.
2. Première édition en 1753.
3. W. Hogarth, *L'Analyse de la beauté,* trad. Jansen, rééd. Paris, 1991, p. 107.
4. Ibid., p. 120.

à une valorisation de l'action[1]. Le corps agit, le corps peine, le corps pèse sur lui-même car il est fait d'une chair fragile : d'où le délicieux passage dans lequel Diderot s'interroge sur la manière dont on doit représenter une « femme nue sur un banc de pierre ». Si on respecte la réalité, les fesses « boursoufleront désagréablement ». « Il n'y a pas à balancer, il faut ou fermer les yeux à ces effets et supposer qu'une femme a les fesses aussi dures que la pierre et que l'élasticité de ses chairs ne peut être vaincue par le poids de son corps, ce qui n'est pas vrai, ou jeter tout autour de la figure quelque draperie qui me dérobe en même temps et l'effet désagréable et les parties de son corps les plus belles[2]. »

Laissons Diderot à ce cruel dilemme et revenons à Fragonard. Il faut rappeler que l'artiste a commencé sa carrière, en tant qu'élève de Boucher, par l'exécution d'œuvres à caractère décoratif. Nous entendons par là des tableaux qui n'ont pas pour fonction d'intéresser par eux-mêmes mais de contribuer à définir une unité dynamique de l'espace dans lequel ils s'intègrent. Dynamisme d'autant plus intense qu'il agit spontanément, puisqu'il fait appel aux facultés d'ordonnancement spontanées du regard dont rend bien compte la « théorie de la forme[3] » : recherche des « formes simples » (c'est-à-dire des regroupements les plus aisés à réaliser), des régularités, des clôtures. Cela signifie que ces formes doivent être en accord avec l'ensemble de l'espace dans lequel elles s'intègrent. Or de nombreux tableaux, qui pourraient passer à nos yeux pour des panneaux autonomes, participent d'un contexte décoratif et les artistes s'en plaignent. Un critique indique à propos du concours de tableaux d'histoire ouvert par le surintendant des Bâtiments, Lenormant de Tournehem : « Nos Académi-

1. Hercule est « l'extrême de l'homme laborieux » et Antinoüs, un « fainéant qui n'a jamais rien fait » (*Salon de 1765,* éd. Bukdahl-Lorenceau, Paris, 1984, p. 127).
2. Ibid., p. 285.
3. Ou *Gestalttheorie*. Cf. P. Guillaume, *Psychologie de la forme,* Paris, 1937.

ciens n'auront point à se rejeter (...) non plus sur la singularité des formes de leurs Tableaux. Car il faut en convenir encore, depuis un temps on les découpe de manière que le plus ingénieux compositeur se trouve au milieu de sa toile environné d'obstacles presque insurmontables[1] ». Cependant l'adaptation peut se faire en sens inverse[2]. L'important pour nous est de noter l'étroitesse des liens entre les tableaux et l'environnement pour un ensemble important d'œuvres de Fragonard, et donc la présence d'une structure décorative dans une œuvre narrative.

Toute œuvre décorative, parce que sa valeur anthropologique fondamentale repose sur la définition d'un monde ordonné, tend à nier la troisième dimension, la profondeur fictive : celle-ci recèle en effet de possibles menaces. Il y a cependant un moyen de constituer un ordre décoratif (c'est-à-dire obéissant à l'injonction de simplicité cognitive fondamentale) sans renoncer à un effet de profondeur. C'est la disposition de figures en fonction d'un effet de pesanteur généralisé : la chute ou son contraire, l'élévation. D'où l'emploi de figures relevant de l'une ou l'autre manifestation dans les peintures

1. *Dialogues de M. Coypel, premier peintre du Roi sur l'exposition des Tableaux dans le Sallon du Louvre en 1747*, Del. II, p. 520 bis/2. On renvoie également à la célèbre lettre de Natoire : « Ensuite de quoy les formes bisares, les couleurs non propres à faire valoir le tableau, en un mot mille assujettissement désagréable, voila pourtant sur quoy nous roulons, et nos tableau sont moins regardé comme tableau que une sorte de meuble qui se lie avec tout adjustement bisare de l'appartement » (C.-J. Natoire, lettre à Antoine Duchesne, *Nouvelles archives de l'art français,* 1889, p. 144).
2. Comme en témoigne cette lettre de l'architecte C. de Wailly au marquis d'Argenson à propos d'un plafond peint par Fragonard : « La corniche et les guirlandes de la salle à manger qui restaient à dorer le sont, les fonds des arabesques ont été essayées de toutes manières, et nous avons reconnu qu'ils devraient rester comme ils étaient en obscurcissant insensiblement les parties qui entourent le tableau de Fragonard, afin de le faire valoir » (citée par J.-P. Cuzin, *Jean-Honoré Fragonard. Vie et œuvre,* Paris, 1987, p. 142).

de plafond baroques[1]. La pesanteur représentée constitue l'un des vecteurs du dynamisme spontané, ici repris au travers de figures en mouvement.

L'existence de ces contraintes décoratives incite à rapprocher Les *Hasards heureux* d'une production contemporaine, celle de l'arabesque. Le XVIII$^{e}$ siècle reprend en effet la tradition de la grotesque antique, dont A. Chastel résumait en ces termes les deux principales caractéristiques : « la négation de l'espace et la fusion des espèces, l'*apesanteur* des formes et la prolifération insolente des *hybrides*[2] ». Dans les deux cas, il s'agit de remettre en cause la vraisemblance. Mal acceptée par Vitruve[3], cette invraisemblance est seulement rappelée par Vasari[4] qui lui-même pratique le genre, la Renaissance faisant revivre la tradition de la grotesque. De 1630 à 1760 environ, selon B. Pons[5], apparaissent ce que l'auteur appelle les « nouvelles arabesques ». Une saynète narrative simple (une ou plusieurs figures engagées dans une action immédiatement compréhensible, légère et plaisante, le plus souvent galante), prenant place dans un espace tridimensionnel

1. Ou sur les murs (cf. la *Chute des Géants,* peint par G. Romano du Palais du Té à Mantoue).
2. A. Chastel, *La Grottesque,* Paris, 1988, p. 25. Cf. pour le XVIII$^{e}$ siècle C.-H. Watelet et P.-C. Lévesque, *Dictionnaire des Beaux-Arts,* Paris, 1788-92, art. « arabesque » : « Les arabesques présentent donc le plus souvent des objets agréables et partiellement vrais, mais dont la réunion et l'agencement sont chimériques ».
3. D'où les critiques de Vitruve : « (...) quelle apparence y a-t-il que des roseaux soutiennent un toit, qu'un chandelier porte des châteaux, et que les faibles branches qui sortent du faîte de ces châteaux portent les figures qui y sont comme à cheval » (Vitruve, *De Architectura,* livre VII, ch. 5, « De ratione pingendi parietes »).
4. Il indique que les artistes de l'antiquité « inventaient des formes en dehors de toutes règles, suspendaient à un fil très fin un poids qu'il ne pouvait supporter », etc. (G. Vasari, *Vies,* I, p. 182-85).
5. C'est la locution qu'employait B. Pons dans « Arabesques et nouvelles grotesques », in A. Gruber (dir.), *L'Art décoratif en Europe. Classique et baroque,* Paris, 1992, p. 157-223.

réduit (un sol et un fond plus ou moins suggéré), s'intègre dans un cadre décoratif dans lequel la vraisemblance (et plus particulièrement le poids des différents motifs) est mise en cause. La saynète et le décor s'associent dans une même tonalité légère et plaisante, mais aussi, parfois, par une référence commune aux effets de la pesanteur — comme dans la gravure de *L'Escarpolette,* réalisée par Crépy d'après Watteau[1]. Elle demeure un modèle tout au long du siècle, notamment au travers des versions qu'en donnent Lancret et Pater[2]. Mais en faisant disparaître le cadre, ces artistes perdent tout ce qui fait la richesse de l'arabesque de Watteau, dans laquelle le jeu entre pesanteur et apesanteur, affectant aussi bien la scène que le cadre décoratif, conduit à une méditation sur l'amour plus profonde qu'il n'y paraît. Car si l'artiste a recours au langage simple de la symbolique[3], il joue du rapport entre l'intérêt pour le corps physique (au travers de la représentation du mouvement de la figure sur la balançoire) et l'immatérialité évidente de ce qui est représenté. Fragonard utilisera lui aussi le modèle de l'arabesque ; sans y faire directement référence, il en conserve nettement le goût pour le caractère amusant des jeux sur la pesanteur. Ainsi dans *La Bascule* [4] : au jeu du poids dans la partie inférieure s'oppose la courbe de la branche d'arbre au-dessus, et ce d'autant plus qu'elle semble parallèle au « champ » alors qu'elle vient d'un arbre placé en arrière. Dans les *Hasards heureux*, quelque quinze années plus tard, Fragonard reprend cette logique de l'arabesque : l'antinomie de la pesanteur pourrait dès lors être comprise comme la combinaison à l'intérieur d'une œuvre de genre des

1. Cf. E. Camesasca et P. Rosenberg, *Tout l'Œuvre peint de Watteau,* Paris, 1970, n° 36 (nous renverrons dorénavant à ce catalogue raisonné pour chacune des œuvres de Watteau).
2. Ainsi pour le premier *L'escarpolette* du Nationalmuseum de Stockholm et pour le second, *La Balançoire* conservée à la Wallace Collection de Londres. L'escarpolette se retrouve également dans les séries de « jeux d'enfants », ainsi celle réalisée par Gravelot.
3. Avec notamment la cornemuse placée au-dessous.
4. Madrid, coll. Thyssen-Bornemisza.

effets d'apesanteur et de pesanteur propres à l'arabesque. Le peintre utilise une même structure concentrique ou plus exactement ovoïde ; il isole la figure du centre par l'accident de lumière ; il crée une même opposition forte entre un cadre de frondaisons traité sans profondeur (cf. notamment la branche d'arbre en forme d'éclair au-dessus de la jeune fille) et une scène centrale caractérisée par les effets de pesanteur ; enfin il dispose des objets au premier plan.

Il faut intégrer ces traits dans le contexte polémique qui est celui des *Hasards heureux*. Fragonard refuse, à partir de 1765, de concrétiser les espoirs de renouveau de la peinture d'histoire qu'on a placés en lui et peint des tableaux de genre dont la thématique galante engendre le mépris chez de nombreux bons esprits[1]. Mais surtout, il conserve un étonnant attachement à des procédés comme l'arabesque, pourtant passée de mode dans les années 1760. De fait, l'invraisemblance a été au cœur d'une constante polémique au long du siècle. Dubos dit son hostilité à la grotesque[2]. La Font de Saint-Yenne emploie péjorativement le terme[3]. Descamps, auteur d'un des premiers textes prônant la constitution d'écoles d'art, condamne définitivement la pratique de l'arabesque[4]. Il nous semble que le choix délibéré de faire référence

1. Mme d'Epinay résume l'opinion générale en ces termes : « Fragonard perd son temps et son talent : il gagne de l'argent », lettre à l'abbé Galiani, in Diderot, *Correspondance* (avril-décembre 1771), éd. G. Roth, Paris, 1964, p. 204.
2. Il renvoie tout simplement à Vitruve (Abbé Dubos, *Réflexions critiques sur la poésie et la peinture,* Paris, 1993, (éd. 1755), p. 69-70.
3. Les ornements à la mode sont « la plupart grotesques imperceptibles » (La Font de Saint-Yenne, *Réflexions sur quelques causes de l'état de la peinture en France, avec un examen des principaux ouvrages exposés au Louvre, le mois d'août 1746,* La Haye, 1747, p. 22).
4. « Que d'exemples de la bizarrerie ! (...) On y voyait un chou, etc. plus grand qu'une figure humaine, une plume porter un poids énorme de rocailles, des rouleaux et d'autres formes imaginaires. Ils ont poussé l'extravagance au point de ne jamais poser à plomb des objets qui demandaient un appui solide » *(Sur l'utilité de l'établissement...*

à un genre si décrié montre que Fragonard tient à utiliser un certain type de lecture possible, celui auquel on est habitué avec les arabesques, et de rendre ainsi les jeux de la pesanteur encore plus efficaces.

Au modèle de lecture proposé par la référence à l'arabesque dans les *Hasards heureux* s'ajoute celui de la peinture d'histoire. Celle-ci peut représenter à la fois des figures terrestres, pondérées, et des figures célestes caractérisées avant tout par leur apesanteur[1]. Dans les *Hasards heureux*, la jeune femme est présentée comme une figure céleste l'est dans un tableau d'histoire. Tout d'abord, l'accident de lumière l'isole du reste de l'espace. Ensuite, ses vêtements blancs et roses, robe et jupons, forment une sorte de nuée dans laquelle elle se trouve suspendue. Le parfait équilibre du corps (qui contredit l'idée même d'une chute de la chaussure consécutive à un déséquilibre), l'impossibilité de ressentir le mouvement de l'escarpolette du fait du caractère invraisemblable de l'espace, tout cela accentue l'effet d'apesanteur. Enfin, Fragonard reprend là un type de disposition des figures qui rappelle beaucoup la peinture d'histoire, d'inspiration religieuse ou mythologique : celle de la figure divine inondée de lumière, descendant vers un mortel en une apparition spectaculaire[2]. La référence à de tels modèles prend évidemment dans le contexte une dimension parodique que corrobore la mise en évidence des cordes[3]. Dans

*d'écoles gratuites de dessin en faveur des métiers,* Paris, 1767, p. 9). On pourrait ajouter l'art. « fiction » de l'*Encyclopédie* et bien sûr la fameuse *Supplique aux orfèvres* de C.-N. Cochin (1754).

1. Qu'elles prennent ou non appui sur une nuée. Cf. H. Damisch, *Théorie du nuage,* Paris, 1972.

2. Cf pour l'iconographie religieuse (des scènes d'apparition), cf. E. Mâle, *L'art religieux de la fin du XVIe siècle, du XVIIe siècle et du XVIIIe siècle. Étude sur l'iconographie après le concile de Trente, Italie, France, Espagne, Flandres,* Paris, 1951, rééd. 1972, et pour la thématique profane une œuvre contemporaine, la *Médée* de Carle Van Loo (Salon de 1759, Nouveau Palais, Postdam).

3. On aimerait rapprocher une telle représentation des figures célestes telles qu'elles apparaissent à l'opéra et qui étaient l'objet…

d'autres œuvres Fragonard semble être allé plus loin encore : jusqu'à l'instauration d'une véritable confusion des genres. Il en va ainsi pour *Les Baigneuses*[1]. L'une d'entre elles est représentée au centre du tableau dans une posture de déséquilibre. Doit-on y voir une chute en cours ou bien plutôt une figure suspendue dans les airs[2] ? L'interprétation modifie non seulement le thème mais le genre de l'œuvre : dans le second cas la convention d'apesanteur en fait un tableau d'histoire.

Or, dans les deux œuvres, Fragonard a recours à une autre convention importante de la peinture d'histoire : la « draperie flottante ». Dès l'antiquité, la légèreté est considérée comme l'une des caractéristiques fondamentales de la beauté des figures[3] et, au-delà, de la peinture elle-même. La même valorisation se perpétue à la Renaissance[4] et au XVIII^e^ siècle[5]. La

traditionnel de quolibets. Ainsi Mably peut se moquer d'« un char fort lourd, avec Vénus qui tremble, et des amours dans une contenance si contrainte que j'en ris malgré moi en attendant quelque catastrophe » (G. Bonnot, abbé de Mably, *Lettre à Madame la marquise de P. sur l'Opéra,* Paris, 1761). Cf. déjà La Fontaine, dans son poème sur l'opéra, dédié à M. de Niert : « Souvent du plus beau char le contrepoids résiste ; / Un dieu pend à la corde et crie au machiniste ».

1. Paris, musée du Louvre.

2. La première hypothèse est corroborée par le traitement singulier de l'arbre. Ses racines sont peintes à l'aide de grosses touches qui lui confèrent un dynamisme tel qu'on peut aisément l'imaginer en train de tomber. La posture de la naïade qui s'éloigne à gauche et celle de la jeune fille du centre peuvent alors être expliquées.

3. Lucien de Samosate demande au peintre qu'il « travaille aussi au vêtement avec cette suprême légèreté qu'il a montrée en faisant tomber ce qui doit cacher, laissant soulever le reste par le vent » (Lucien, *Imagines,* in A. Reinach, *Recueil Milliet*, Paris, 1985, p. 59).

4. « Les mouvements les plus vivants et les plus gracieux sont ceux des membres qui s'élèvent en l'air » (L.-B. Alberti, *De la peinture,* éd. J.-L. Schefer, Paris, 1992, p. 167).

5. Ainsi à propos de la *Chute d'Icare* de Slodtz : « La draperie est d'une légèreté digne du pinceau » *(Lettre à M. de Poiresson-Chamarande,* 1741, Del. I, p. 283/23.

convention consiste à représenter l'étoffe comme si elle était agitée par un vent fictif et donc n'obéissant pas à la seule loi de la pesanteur (le vent ici vaut pour la passion qui agite la personne). Elle peut cependant être utilisée, notamment dans le portrait[1], sur des figures immobiles. Le problème de la vraisemblance est à nouveau posé et la seconde moitié du XVIIIe siècle connaît une intense controverse à ce sujet. La draperie tombante met en évidence, par ses plis verticaux, la pesanteur et à travers elle la force de la nature. La « draperie voltigeante », selon l'expression de Falconet, apparaît dans ces conditions arbitraire et surtout susceptible de détourner l'attention[2]. À l'opposé, en ce qui concerne la peinture de genre, la chute normale du pli peut, pour ce commentateur de la figure centrale de *L'Accordée de village*[3] de Greuze, être chargée de sens : « Il n'est pas jusqu'à son tablier blanc qui, dans sa chute naturelle, et sans recherche apparente, ne concoure à la perfection de son caractère[4] ». Or Fragonard semble prendre parti dans le débat avec ses *Figures de fantaisie* dont certaines portent très élégamment des draperies flottantes. Prenons l'exemple du *Portrait présumé de l'abbé de Saint-Non*[5]. L'effet en est complexe : les draperies flottent de manière inexplicable, sans rapport avec l'environnement (la figure prend place dans ce qui semble être un espace intérieur). Le portrait en prend une tonalité presque comique à laquelle contribue le nez rougeoyant. Mais les draperies, for-

1. Ainsi celui de Louis XIV par le Bernin.
2. Cf. Falconet : « Il faut proscrire les draperies voltigeantes ; elles interrompent l'union, réduisent l'intérêt, fatiguent l'œil et empêchent de voir l'objet principal : excepté pourtant les sujets ou les actions où elles doivent être nécessairement agitées, comme la chute d'Icare, Apollon poursuivant Daphné, etc. (E. Falconet, » Réflexions sur la sculpture », in *Œuvres diverses concernant les arts,* Paris, 1787, t. III, p. 43).
3. Paris, musée du Louvre.
4. *Observations d'une société d'amateurs*, 1761, Del. VII, p. 355-56/49-50.
5. Paris, musée du Louvre.

mées par d'épaisses et longues touches, confèrent aux figures un puissant dynamisme qui renforce la tension créée par l'oblique opposée du visage. L'ensemble en tire une dignité d'autant plus originale, alerte et vibrante que l'image de l'homme sort sous nos yeux de la matière, de la couleur pure qui la façonne. Dans les *Hasards heureux*, Fragonard a recours à une technique tout à fait opposée. Mais le « style d'esquisse » et la facture « finie » ont pour effet, l'un comme l'autre, d'attirer l'attention du spectateur sur l'aspect technique du tableau : dans les deux cas on peut parler de virtuosité ostentatoire. Celle-ci a pour conséquence de neutraliser la prise en compte du problème de la pesanteur, puisqu'on regarde alors le tableau comme une surface peinte.

La référence à la peinture d'histoire ne se fait pas uniquement au travers des effets d'apesanteur. Le poids peut en effet constituer une manifestation du pouvoir divin. La référence en la matière est le *Saint Michel terrassant le dragon*[1] de Raphaël. Le poids divin du saint, qui semble peser sur le monstre tout en se tenant au-dessus de lui, a beaucoup frappé les académiciens[2]. Le procédé retient toujours l'attention au milieu du XVIII^e^ siècle[3]. C'est que ce type de posture est souvent employé dans les œuvres allégoriques, où l'on oppose un pouvoir souverain à un être vaincu. La question est seulement de savoir si l'on doit rendre l'effet d'écrasement ou non,

1. Paris, musée du Louvre. Cette œuvre a fait l'objet de la première conférence tenue à l'Académie en 1667.
2. « On le voit comme accablé sous le fardeau d'une pesanteur extraordinaire. Cependant Saint Michel qui est le seul poids qui l'abat ne le touche pas seulement du bout du pied » (A. Félibien, *Conférences de l'Académie royale de peinture et de sculpture,* Londres, 1705, p. 12).
3. Ainsi Saint-Yves qui, toujours à propos du tableau de Raphaël, évoque Satan « écrasé par la seule pression de l'air, causé par le poids du corps de l'Archange » *(Observations sur les arts,* Paris, 1748, p. 71). On notera l'emploi d'un vocabulaire d'inspiration scientifique.

quitte à déformer la figure[1]. Dans les *Hasards heureux*, la posture du jeune homme est suffisamment invraisemblable pour que la valorisation du poids ne serve que de contrepoint à la tendance forte qui incite à voir l'œuvre, au contraire, en termes d'apesanteur. Mais le jeu ainsi défini sur les normes propres à des genres différents, soit plus « sérieux », comme la peinture d'histoire, soit plus frivoles, comme l'arabesque, rend le spectateur sensible au caractère arbitraire de la vraisemblance picturale. Jouer de la vraisemblance, c'est encore en appeler à la connivence ; susciter une réflexion sur l'illusion, c'est aller plus loin, c'est faire s'interroger le spectateur non seulement sur les normes régissant l'art de peindre, mais sur les raisons de son assentiment spontané à celles-ci. Le tableau y parvient en faisant appel à l'antinomie de la pesanteur. On est ainsi amené à présenter les rapports entre les jeux sur la pesanteur et la mise en cause de l'illusion picturale.

*La pesanteur et l'illusion picturale.*

La vraisemblance en peinture repose sur l'idée de « convenance », qui joue un rôle central dans les écrits théoriques de l'époque moderne. Il s'agit de faire en sorte que les divers aspects de l'œuvre, selon les catégories rhétoriques en vigueur[2], c'est-à-dire l'« invention », la « disposition », l'« élocution » (en peinture, le « costume » des figures, leur « expression », leur « attitude » ), soient conformes à une conception intuitive partagée par tous les hommes de qualité. La valorisation de cette cohérence interne, dans laquelle s'associent élégamment un sens inné de ce qui est juste et bon et

1. Ainsi Diderot à propos de la *Publication de la Paix* de Dumont le Romain, où la Paix personnifiée marche sur la Discorde : « Pourquoi cette action n'écrase-t-elle pas la Discorde, ne lui tient-elle pas la bouche entr'ouverte, ne lui fait-elle pas sortir les yeux de la tête, ne me la montre-t-elle pas prête à être étouffée ? » (D. Diderot, *Salon de 1761,* Paris, 1980, p. 217.)
2. Cf. M. Baxandall, *L'Œil du Quattrocento,* trad. fr., Paris, 1985.

des connaissances bien maîtrisées, fait que passe au second plan des discours sur l'art ce qui concerne l'illusion, c'est-à-dire ce qui spontanément renvoie au monde visible. Toutefois il serait faux de réduire la question de l'illusion à la véritable tromperie des sens. Avec M. Hobson[1], il nous semble nécessaire de distinguer entre une illusion « forte » et une illusion « douce », en d'autres termes entre d'une part une confusion totale du réel et du fictif et d'autre part une possible prise en compte de l'effet d'illusion sans que le sens de la vue soit véritablement abusé. C'est celle que défendent les esprits éclairés du temps, tel Cochin[2]. Cette dimension correspond le mieux aux *Hasards heureux* : la facture très précise, le thème attrayant et surtout les effets de pesanteur peuvent susciter chez le spectateur la volonté d'aborder l'œuvre comme une vue du monde réel, tout en restant conscient de son caractère fictif. L'illusion ainsi entendue se rapproche de ce que les Anglo-Saxons appellent, après Coleridge, le suspens délibéré de l'incrédulité[3], mais en y ajoutant l'idée que la véritable illusion (qui est en fait un illusionnement) ne concerne pas tant la vision de l'œuvre que les images mentales que celle-ci fait naître spontanément.

1 M. Hobson, *The Object of Art : the Theory of Illusion in Eighteenth Century France,* Cambridge, 1982.
2 Cf. « De l'illusion dans la peinture » in *Recueil de quelques pièces concernant les arts,* s.l.n.d., p. 67. Il ne s'agit après tout que de la reprise du « Quidlibet audendi » de Horace, défendant la liberté absolue du créateur. On peut également citer ce critique qui en 1757 s'inscrit en faux contre l'idée proférée par l'un de ses confrères selon laquelle « qui trompe le mieux est le plus habile, ce qu'il donne comme une règle générale, et sans exception, et ce qui pourtant est faux à presque tous égards, puisqu'il ne saurait nier qu'il y a de forts mauvais Tableaux qui ne laissent pas de nous tromper à une certaine distance. » (*Réponse à la lettre critique, sur les Tableaux exposés au Salon, en l'année 1757,* 1757, Del. VII, p. 100/6. Cf. sur le problème de l'illusion aux XVII^e^ et XVIII^e^ siècles l'étude de T. Puttfarken, *Roger de Piles' Theory of Art,* New Haven et Londres, 1985, p. 54 et sq.)
3. La « willing suspension of disbelief ».

Or, parmi ces effets, le mouvement représenté joue un rôle ambigu. Il s'oppose à un effet d'illusion totale : les trompe-l'œil sont toujours des représentations d'objets ou de figures immobiles. Mais il permet en même temps au spectateur de s'émerveiller des effets dynamiques produits sur une surface immobile. Lorsque l'effet de mouvement est exhibé comme c'est le cas dans les *Hasards heureux*, l'illusion est présente, sinon comme effet visuel, du moins comme question. Ce qui compte vraiment est la virtuosité dont l'artiste fait preuve à cette occasion : elle appelle l'assentiment du spectateur à la posture de maîtrise prise ostensiblement par l'artiste sur le monde fictif dont il dispose à son gré. *Les Hasards heureux*, en opposant fortement le mouvement ostentatoire et l'arrêt tout aussi ostentatoire de ce mouvement, porte à l'état de problème ce qui habituellement fait l'objet d'un assentiment tacite.

L'explication qui vient le plus naturellement à l'esprit de l'historien de l'art est une explication par le style. On fait en effet de Fragonard le dernier représentant de ce qu'on a appelé rétrospectivement le rococo[1]. Il s'agit là d'une dénomination qui vaut au départ pour les arts décoratifs de la première moitié du XVIIIe siècle. On trouve effectivement dans ces œuvres un certain nombre de caractéristiques communes, définies le plus souvent en opposition au baroque. L'évolution décrite par Wölfflin a été maintes fois reprise : « Le baroque à ses débuts est lourd, massif, contraint, sévère ; ensuite il échappe peu à peu à sa pesanteur première, le style gagne en légèreté et en gaieté ; à la fin on en arrive à dissoudre comme en se jouant toutes les formes tectoniques ; c'est cette ultime époque que nous désignons sous le nom de rococo[2] ». Il ne s'agit pas ici de nier l'existence de cet ensemble de pratiques

1. Cf. P. Minguet, *Esthétique du rococo,* Paris, 1966.
2. *Renaissance et baroque,* trad. C. et M. Raymond, Paris, 1989, p. 140. Même conception chez P. Minguet : le « trait fondamental » du rococo est son « atectonicité » *(France baroque,* Paris, 1988, p. 90).

contemporaines identiques qu'on appelle un style. Mais alors que la doctrine classique consiste à cacher l'art[1], le baroque et le rococo l'exposent dans une volonté systématique d'ostentation de la virtuosité. Cette virtuosité s'affirme dans le baroque par la recherche d'un dynamisme généralisé dont le message est clair : le monde entier est dans la main mouvante de Dieu qui fait tomber les méchants et s'élever les bons. Entre ces formes extrêmes de jugement se situe ce qui fait l'intérêt esthétique du rococo, un jeu de tensions internes jamais véritablement réglé, basé sur un système de courbes et de contre-courbes, de transformations d'un matériau dans son contraire, de jeux sur la pesanteur et l'apesanteur, un passage constant vers un autre que soi-même au sein d'un univers illimité.

Illimité, l'espace l'est d'autant plus qu'en lui l'opposition entre bimensionnalité et trimensionnalité tend à disparaître. En effet, la valorisation de la pesanteur par représentation de ses « figures » (chute, équilibre instable, poids) y est associée à des effets de perception régis par ce qu'on peut appeler, avec R. Arnheim et les psychologues de la perception, le « poids visuel[2] ». Celui-ci dépend de l'intérêt qu'on porte au motif mais aussi des caractéristiques formelles de ce dernier : le jeu de courbe et de contre-courbe baroque définit une tension interne dont on doit prendre acte[3]. La peinture baroque est

1. Cf. cette belle déclaration de Caylus : « Peignons tout à plein pinceau et cachons l'art de nos oppositions : jamais on n'aima à distinguer sur la superficie des ressorts d'une machine, surtout quand elle est faite pour nous procurer d'agréables illusions. » (A.C.P. de Caylus, *Vies d'artistes du XVIII^e siècle. Discours sur la peinture et la sculpture, etc.*, éd. Fontaine, Paris, 1910, p. 141. La doctrine est notamment rappelée à propos de la représentation des draperies : « (...) les draperies bien jettées (sic) enveloppent les figures avec cette heureuse négligence, qui fait d'autant plus d'honneur à l'Art, que l'Art même ne s'y fait point apercevoir. » (J. Lacombe, *Dictionnaire des beaux-arts,* Paris, 1753.)
2. Cf. *The Power of the Center,* Berkeley et Los Angeles, 1988.
3. Cf. G. Deleuze, *Le pli,* Paris, 1988. Le monde baroque s'organiserait « selon deux vecteurs, l'enfoncement en bas, la poussée vers le haut »...

une peinture intensive, ce que note E. Escoubas[1] à propos du *Christ entre les deux larrons* de Rubens : « Il est manifeste que (...) la structure spatiale ne s'engendre pas à partir de la ligne d'horizon, mais à partir du sol, que ce n'est pas la profondeur, mais la pesanteur (grandeur intensive selon Kant)[2] qui organise l'intervalle spatio-rythmique[3] ». Une telle remarque, juste en elle-même, perd cependant sa pertinence dans l'interprétation de l'œuvre puisqu'elle n'est pas reliée à ce qui met en cause, au sein de celle-ci, la logique d'intensité : les figures, les motifs, tout ce qui relève d'un rapport d'identification.

Il en va de même pour le rococo. On peut certes évoquer à bon droit une tendance générale, propre à la première moitié du XVIIIe siècle, consistant à opposer un dynamisme des motifs à une immobilité globale créée par les grandes plages blanches qui séparent, dans les décorations intérieures, les formes contournées des ornements. Mais il faut surtout prendre conscience du fait que, comme à l'habitude, pour définir une entité artistique (ici un style), on a pris appui sur un corpus déterminé, celui des espaces intérieurs décorés avec un souci de cohérence formelle et chromatique. Face au tableau, la démarche d'identification s'ajoute à la sensation de mouvement. Il suffit de souligner, comme dans les *Hasards heureux*, l'inscription d'un ou plusieurs motifs à la surface de la toile, pour que se crée un effet de déception. C'est le rôle, dans l'œuvre de

(p. 41). Mais à l'intérieur de ce système subsiste l'apesanteur de l'« inflexion », l'ensemble courbe-contrecourbe : « Elle est en apesanteur : même les vecteurs de concavité n'ont rien à voir encore avec un vecteur de gravité, puisque les centres de courbure qu'ils déterminent oscillent autour d'elle » (p. 21).

1. Dans *Imago Mundi. Typologies de l'art,* Paris, 1989.

2. Cf. E. Kant, *Critique de la raison pure,* trad. A.-J.-L. Delamarre et F. Marty, Paris, 1980. Il distingue la « grandeur extensive », définie comme « celle dans laquelle la représentation des parties rend possible la représentation du tout » (p. 903), et la « grandeur intensive », à concevoir comme « un degré d'influence sur les sens » (p. 907).

3. *Op. cit.,* p. 143.

Fragonard, de l'antinomie de la pesanteur, qui constitue de ce point de vue un trait caractéristique de l'art rococo.

Trop caractéristique, à vrai dire, pour être vrai. Le tableau de Fragonard est, de par son style ostentatoirement affirmé, une œuvre polémique. Sa date l'indique : 1767, c'est une décennie après les premières offensives contre l'art rococo, celui qui, confondu avec l'art rocaille, est appelé « chicorée ». C.-N. Cochin avait lancé dès 1754 sa mordante *Supplication aux orfèvres,* dans laquelle, sur un mode ironique, il demandait à ce que l'on renonce aux formes tourmentées et non vraisemblables de l'art rococo. L'offensive avait aussi une dimension moralisante qui s'en prenait aux sujets trop frivoles : au salon de 1763, *La Marchande d'amours*[1] de Vien avait été considérée, avec sa composition en frise et ses figures statiques, comme le manifeste des opposants au rococo[2]. C'est donc en connaissance de cause que Fragonard peint un tableau à la thématique moralement condamnable et aux caractéristiques formelles très marquées : la fidélité à la technique précise de Boucher, nom honni entre tous par les tenants d'un art nouveau, est totale. Ce n'est pas faute de pouvoir choisir : il aurait pu continuer à peindre des tableaux d'histoire ; il aurait pu aussi utiliser une autre technique, le *fa presto* des « portraits de fantaisie » qui relèvent d'un genre marginal et en cela acceptable. Mais le fait même que l'artiste, tout au long de sa vie, ait recouru à deux factures radicalement opposées montre qu'il était, plus que d'autres, conscient de ce que c'est que le style.

En outre, le rococo est en lui-même, comme l'a fait justement remarquer H. Bauer, une interrogation sur le style, un « méta-style[3] ». On expliquerait ainsi la dimension comique

1. Fontainebleau, Château.
2. Quelques années plus tard (en 1773, semble-t-il) la comtesse du Barry refuse la série de quatre tableaux peints par Fragonard pour son château de Louveciennes et passe commande à Vien.
3. H. Bauer, *Rocaille. Zur Herkunft und zum Wesen eines Ornament-Motivs.* Berlin, 1962.

du traitement de la pesanteur dans les *Hasards heureux* mais aussi le fait que, de principe structurant et par là nécessairement non repérable, la pesanteur devienne dans cette œuvre acteur de la narration. Le rococo est un « méta-style » dans la mesure où il doit être conçu comme une manière d'en interroger un autre : le baroque. Il privilégie le processus de mise en évidence et mise en cause repéré dans les *Hasards heureux*, soit par euphémisation (tout y est réduit, la couleur, la taille des motifs, le mouvement même), soit par arrêt : arrêt de la couleur butant sur les parois blanches, arrêt surtout du mouvement propre au motif. Mais la présence, dans les *Hasards heureux*, d'une véritable narration où intervient la pesanteur entraîne une modification du rapport : le repérage des motifs, mais surtout l'identification du spectateur avec les figures, empêchent de s'en tenir au simple jeu formel. Néanmoins ceux-ci concurrencent la lecture narrative et rendent aisée une prise de distance vis-à-vis de la narration. Le jeu sur le mouvement exhibé et rendu impossible s'inscrirait dans la tradition délicatement ironique du rococo : nous serions dans un univers d'aimable invraisemblance, celle qui a expliqué le succès, dans la première moitié du XVIII<sup>e</sup> siècle, des « nouvelles arabesques ».

On n'explique pas pour autant la manière dont la pesanteur est simultanément valorisée et niée, dont l'invraisemblable (la pantoufle droite insérée dans la haie) est présenté plus discrètement que le vraisemblable (la pesanteur traduite par la chute et le mouvement de la balançoire). On proposera une autre hypothèse. Fragonard peut utiliser la problématisation de la question de la pesanteur et donc les habitudes de regard qu'elle a suscitées, non seulement parce qu'il peint à une époque où la conception rococo apparaît dépassée, mais aussi parce que ce que met en cause l'antinomie de la pesanteur, la représentation du mouvement, fait problème à l'époque : tout au long du XVIII<sup>e</sup> siècle s'est en effet développée ce qu'on pourrait appeler, en référence à une controverse plus célèbre, la « querelle du mouvement ».

*La pesanteur et la « querelle du mouvement ».*

Qu'un peintre puisse représenter une figure ou un objet en mouvement, ce n'est pas seulement un procédé licite, c'est l'aboutissement de l'art de peindre[1]. La hiérarchie des genres est pour partie fondée sur la valorisation du mouvement. Or on voit naître dans la seconde moitié du XVIIe siècle (c'est-à-dire depuis le moment où se développe en France un discours sur l'art) un courant rejetant la représentation du mouvement en peinture au nom de la vraisemblance. Ce courant se reconnaît un fondateur : l'abbé de Saint-Réal[2]. L'historien a en effet prononcé dans un court dialogue, *Césarion*[3], une condamnation sans appel du mouvement en peinture. Le texte est en lui-même d'une grande richesse : on y reviendra plus loin. L'important pour l'instant est son impact au XVIIIe siècle, surtout au travers de ce passage maintes fois cité, presque toujours de façon erronée : « Je ne sais si personne n'a jamais senti la même peine que moi, en considérant ces sortes de Peintures : mais il me semble toujours, que les Figures doivent se remuer et l'Attitude agissante, où elles sont représentées, tout immobiles qu'elles sont en effet, enferme une espèce de contradiction dont mon imagination ne saurait s'empêcher d'être blessée ». Or le problème du mouvement concerne directement la pesanteur, parce que toute représentation du mouvement en peinture consiste dans l'instauration d'un déséquilibre perçu comme temporaire. La mise en évidence de la « contradiction » est reprise

1. Par exemple Fénelon au début du XVIIIe siècle, qui fait dire à Parrhasius, célèbre peintre de l'Antiquité : « Ceux qui ne savent que représenter des figures gracieuses n'ont atteint que le genre médiocre. Il faut peindre l'action et le mouvement, aimer les figures et exprimer les passions de l'âme. » *(Dialogues des morts,* in *Œuvres,* éd. J. Le Brun, 1983, t. I, p. 429.)
2. César Vichard, abbé de Saint-Réal (1639-92).
3. Saint-Réal, *Césarion ou entretiens sur divers sujets particulièrement d'histoire romaine* (1684) in *Œuvres,* Paris, 1722, t. II, p. 200.

par l'abbé Le Blanc dans son « Salon » de 1747[1] : « On ne s'arrêtera pas longtemps à considérer un Tableau qui représentera Curtius qui se dévoue aux Dieux infernaux. On a de la peine à le voir rester en l'air sur le gouffre où il se précipite[2] ». Il avait, quelques pages plus tôt, fait explicitement référence à Saint-Réal[3] et défendu l'exclusion du mouvement en affirmant qu'elle avait été respectée dans les meilleurs tableaux : « Presque tous ceux qui servent à la décoration de ces magnifiques appartements, sont encore de ce genre, et ne sont pas moins remarquables par l'heureux choix des sujets que les différentes parties de la Peinture qui en font le mérite[4] ». La référence au décor n'est pas fortuite : il s'agit de rappeler l'intégration de l'espace de l'œuvre dans l'espace du spectateur. Le rapport au tableau est alors conçu selon une réaction affective forte (la « peine » évoquée par Saint-Réal comme par Le Blanc). Ce dernier va jusqu'à la « blessure » : « On est blessé en quelque sorte qu'un bras armé d'un poignard pour frapper, et que rien ne retient, demeure immobile, comme le dit M. l'Abbé de Saint-Réal[5] ». L'exemple est intéressant par le passage qu'il opère de l'action représentée à l'effet sur le spectateur, d'autant que la formule est assez ambiguë pour que l'on puisse croire que le propos est de Saint-Réal lui-même — qui parle quant à lui d'une imagination « blessée ». Cette manière de prendre littéralement la métaphore traduit dans le discours critique l'attitude de l'auteur face aux œuvres.

1. *Lettres sur l'exposition des ouvrages de peinture, sculpture, etc. de l'année 1747 et en général de l'utilité de ces sortes d'expositions, à Monsieur R.D.R.*, Paris, 1747, Del, II.
2. *Op. cit.,* p. 430-431/150-151.
3. *Op. cit.*, p. 145. Cf. aussi M. l'abbé de Saint-Réal ajoute avec raison qu'il [le peintre] ferait mieux de peindre des Histoires dont le point essentiel consistât dans un état de repos, que le pinceau peut représenter parfaitement, et dans lesquelles il y a eu quelques instants, où toutes les personnes entre qui elles se sont passées, ont vraisemblablement été immobiles » *(op. cit.,* p. 427/147).
4. *Ibid.,* p. 429/149.
5. *Ibid.*

La thèse de Le Blanc se voit immédiatement opposer une réfutation argumentée par un contradicteur anonyme[1]. Il tient grief au critique de ce qu'il « semble ôter entièrement au Peintre tout l'effort de son imagination[2] ». Le Blanc avait distingué, dans l'œuvre de Téniers, la représentation à ses yeux acceptable d'un « marchand d'orviétant entouré d'une populace qui l'écoute » et « des Paysans et des Paysannes dansant en rond, qui ont tous un pié en l'air[3] ». L'auteur affirme que le marchand d'orvietan « ne fixe l'attention que par un mouvement perpétuel » et qu'il ne peut donc être considéré comme un modèle d'immobilité. Il en arrive à nier l'existence d'une immobilité complète dans la nature[4].

On peut suivre, tout au long du XVIIIe siècle, les références à Saint-Réal. On n'en retiendra que deux étapes importantes. Le *Caracalla*[5] de Greuze est, dès sa présentation au Salon de 1769, très controversé. La complexité du sujet, l'attitude et l'expression des figures, le dessin du bras droit de l'empereur, tout est sujet à critique. Mais l'auteur du « salon » de *L'Avant-coureur* retient surtout que Greuze contrevient au principe d'immobilité[6]. Quelques années plus tard, l'auteur de l'article

1. Dans la *Lettre sur la peinture, sculpture et architecture à M*** (par une société d'amateurs)*, 1748, Del. III, p. 101-105/71-75.
2. Ibid., p. 102/72.
3. Le Blanc, *op. cit.*, p. 440/160.
4. Sauf dans un cas particulier : le sommeil. De fait, les exemples, nombreux au XVIIe siècle dans la peinture flamande et hollandaise, le demeurent au XVIIIe siècle, montrant qu'il existe effectivement un ensemble d'œuvres respectant les consignes édictées par Saint-Réal (cf. *L'Ermite endormi* de Vien, Paris, Louvre, 1753).
5. Paris, musée du Louvre.
6. « Le sujet historique dont M. Greuze a fait choix pour son tableau de réception à l'Académie nous rappelle ce passage de l'abbé de Saint-Réal : "Il serait mieux de peindre, dit cet écrivain, des histoires dont le point essentiel consistât dans un état de repos, que le pinceau peut représenter parfaitement et dans lesquelles il y a eu quelques instants où toutes les personnes entre qui elles se sont passées, ont vraisemblablement été immobiles". » (*L'Avant-Coureur,* 1769, Del. IX, p. 393-394.)

« Peinture » de l'important *Dictionnaire des Beaux-Arts* de Watelet et Lévêque[1] s'engage dans la controverse. Il s'en prend d'abord à ceux qui veulent réduire la peinture à l'illusion, justement parce que l'illusion ne peut être produite quand il y a représentation de motifs en mouvement[2], puis à ceux qui « exigent un tel degré de vraisemblance que les peintres manquent, suivant eux, d'esprit et de raison, lorsqu'ils choisissent des actions dans lesquelles les êtres animés ne peuvent rester que pendant un certain temps ». Saint-Réal est nommément désigné[3]. La contre-attaque est intéressante en ce qu'elle ne valorise pas pour autant l'action, mais l'ensemble des manifestations de la vie, ce que l'auteur appelle les mouvements « involontaires[4] ». Il s'agit là de l'affirmation d'une notion fondamentale de l'esthétique de la deuxième moitié du XVIII^e siècle : la « vie ». C'est elle qui rend plus complexe l'opposition entre mouvement et absence de mouvement. Ainsi chez Diderot, pour lequel le mouvement, en tant qu'action, est ontologiquement inférieur au repos[5] ; on ne saurait s'étonner qu'il plaise davantage[6]. Mais le terme peut prendre une autre acception : « La vie et l'action d'une

1. Paris, 1788-92.
2. « Les parties de l'art qui admettent l'illusion et produisent l'erreur ne sont que des parties très bornées de la peinture (...) D'abord, pour tromper les yeux, il faut choisir des objets immobiles tels que le rideau d'Apelles et les raisins de Zuxis. Car si les objets sont susceptibles du moindre mouvement, l'œil ne peut plus être trompé. »
3. « Nous parlons ici du célèbre abbé de Saint-Réal, fort habile littérateur, mais également détracteur des peintres et de la *peinture* qu'il ne connaissait pas. »
4. « Cependant l'attitude la plus tranquille exige, dans la nature, des mouvements de cette sorte, même involontaires. »
5. Il évoque « ce je ne sais quoi de sublime qui s'accorde très bien avec la tranquillité apparente ou réelle et qui est infiniment au-dessus du mouvement » (D. Diderot, *Salon de 1765*, éd. Buckdahl-Lorenceau, Paris, 1984, P. 242).
6. « Il faut du mouvement aux enfants, et il y a beaucoup d'enfants. » (*Salon de 1767*, in *Œuvres complètes,* éd. R. Lewinter, Paris, 1970, p. 82.)

figure sont deux choses différentes. La vie est dans une figure en repos. Les artistes ont attaché au mot de *mouvement* une acception particulière. Ils disent d'une figure en repos, qu'elle a du *mouvement,* c'est-à-dire qu'elle est prête à se mouvoir[1] ». Ce mouvement latent correspond à un dynamisme spontané des formes.

De la fortune du *Césarion* de Saint-Réal[2] on peut conclure que la question du mouvement en peinture apparaît bien avant sa formulation la plus célèbre, dans le *Laocoon* de Lessing[3] : « Le peintre ne peut que laisser deviner le mouvement, mais en fait ses figures sont immobiles[4] ». L'important est l'existence d'une controverse contemporaine dont la notoriété semble suffisante pour que nous puissions proposer d'y associer le jeu sur le mouvement repéré dans l'œuvre de Fragonard. La notion de « vie » semble à l'opposé du mouvement spectaculaire représenté dans son tableau. Pourtant, le jeu sur la mise en cause du mouvement et la mise en évidence de l'immobilité a pour conséquence de susciter chez le spectateur une mise en mouvement fictive de l'ensemble des motifs. Et tous s'y prêtent, le tableau n'étant qu'un vaste frémissement de feuillages, d'étoffes, de chair, qui perdure d'autant mieux qu'au premier plan les mouvements spectaculaires retiennent l'attention : le reste de l'œuvre est vu d'une manière suffisamment imprécise pour que la « vie » s'y perpétue. Mais cette « vie » subit l'influence du modèle qui en détermine la lecture, l'oscillation constante entre le mouvement et l'immobilité. Le visible est ambigu. De cette ambiguïté, Fragonard va tirer des effets inédits.

1. D. Diderot, *Pensées détachées sur la peinture,* in *Œuvres esthétiques,* éd. P. Vernières, Paris, 1968, p. 760.
2. À cette fortune critique on pourrait peut-être ajouter un tableau, celui exposé par Restout fils au salon de 1765 : *Diogène demandant l'aumône à une statue*. Diderot en rend compte d'une manière très critique (*Œuvres complètes,* éd. Hermann, Paris, 1984, vol. « Beaux-arts I », p. 272) mais n'évoque pas Saint-Réal.
3. Publié en 1766, soit un avant l'exécution des *Hasards heureux.*
4. G. E. Lessing, trad. Courtin, Paris, 1990, p. 110.

*La pesanteur et l'ambiguïté du visible.*

L'antinomie de la pesanteur a pour conséquence la création d'une alternative dans l'interprétation de l'œuvre. Selon le principe de propagation, l'ensemble du tableau est soumis à la variation du regard porté sur la figure centrale. Elle définit alternativement un aspect bidimensionnel ou tridimensionnel, statique ou dynamique. Cette variation d'aspect particulièrement spectaculaire en cache deux autres. La première est l'ambiguïté entre deux identifications possibles d'une même figure, selon la partie où le spectateur fixe son attention. L'exemple classique en psychologie de la perception est le « lapin-canard » de Jastrow. Il constitue une illustration privilégiée de la psychologie de la forme[1], puisqu'il met en évidence le processus de focalisation du regard. Le commentaire le plus intéressant est sans doute celui de L. Wittgenstein : il situe le jeu sur les « aspects[2] » de l'œuvre à l'intersection de la perception et de la cognition. C'est en effet l'hypothèse faite par le spectateur qui engage l'identification dans l'un ou l'autre sens. L'existence de modèles artistiques préalablement connus, en même temps que l'habitude d'observer ce genre de figures dans la réalité interviennent conjointement. Les remarques de Ernst Gombrich et de Wittgenstein trouvent cependant leurs limites dans le statut d'exemple qu'elles confèrent au « lapin-canard ». Elles ne permettent pas de définir l'intégration d'une telle figure dans un tableau. La couleur, la texture, la présence d'autres motifs modifient profon-

1. Cf. notamment E. Gombrich, *L'Art et l'illusion,* trad. G. Durand, Paris, 1971, p. 24 et 296.
2. L. Wittgenstein, *Investigations philosophiques,* trad. P. Klossowski, Paris, 1961, p. 326-330. Il parle de variations « d'aspect » de l'œuvre, ce qui donne au terme (si on ajoute cette acception au sens courant et à celui que lui donne Poussin) une remarquable plasticité d'emploi.

dément l'appréhension de l'ensemble[1]. Cependant grâce au principe de propagation, le motif produit un effet puisqu'il oblige à soumettre l'ensemble des motifs au « regard » ainsi proposé. Or la jeune femme peut être envisagée comme une figure à double aspect. En effet, selon qu'on considère plutôt le haut du corps ou le bas, le buste ou les jambes, la jambe droite ou la jambe gauche, la conception que l'on a de la jeune fille diffère : l'enjeu en est la conception de la femme, le rapport entre l'apparence mondaine et la sexualité sous-jacente. On peut intégrer dans ce système de variation d'aspect la main droite de la jeune fille, à ceci près que la variation ne se fait plus à l'échelle du motif mais dans le rapport établi entre celui-ci et une figure : ou bien le vieil homme (on voit alors des « cornes ») ; ou bien l'Amour (et la jeune femme esquisse un geste similaire à celui de la statue), ou bien le jeune homme (on peut remarquer la surprenante homologie avec la main gauche du jeune homme). Ainsi la possible variation d'aspect d'un motif (et non d'une simple superposition de sens) est étendue, à partir de la figure centrale, à l'ensemble du tableau.

Fragonard a utilisé très tôt le procédé. On a déjà évoqué l'ambiguïté des *Bergère* : remarquons que leur statut change selon qu'on regarde en haut (le visage) ou en bas (les jambes), mouvement du regard au cours duquel elles perdent leur innocence. Dans *Perrette*[2], le buste de la jeune femme incite à voir dans l'œuvre la représentation du moment où elle pleure la chute du pot, tandis que les mollets en l'air et les jupons

1. C'est de manière générale ce qui rend peu utiles à l'historien de l'art les travaux des « psychologues de la forme ». En effet, dans la forme, tout fait information. La réduction à un ensemble de points noirs sur un fond blanc permet d'étudier cet ensemble, mais sa portée n'est pas généralisable : la couleur du fond et des motifs, la présence d'autres motifs, le statut même de l'œuvre modifient la perception. Ces notions de *Gestalttheorie* valent tout au plus pour une image, c'est-à-dire une représentation dont le support est différent.
2. Paris, musée Cognacq-Jay.

volants semblent plutôt évoquer la chute. Plus frappant encore est l'exemple de *La Poursuite*[1]. La jeune fille au centre est censée fuir le jeune homme (elle part, le pied droit en avant), mais son buste est tourné vers celui-ci. Or à la hauteur des jambes une confusion est possible : le pied droit de la petite fille de gauche peut être pris pour celui de la jeune fille et le pied droit de celle-ci être identifié comme un pied gauche parce que le vrai pied gauche est à peine visible sous ses jupes, dans le buisson. La rotation du corps ainsi obtenue transforme le geste de frayeur en offrande du corps[2].

Dans la mise en évidence de ce type d'ambiguïté l'interprétation psychologique l'emporte. Le spectateur peut donc exercer sa capacité à comprendre l'événement qui se déroule sous ses yeux. Il n'en va pas de même avec l'opposition entre mouvements ascendant et descendant. Elle consiste à rendre problématique une identification du mouvement où les parts respectives de l'acquis et de l'inné sont indiscernables[3]. Ce type d'ambiguïté a été repéré et peut-être utilisé dans la peinture ancienne, si l'on en croit Pline l'Ancien à propos de Polygnote : « On a de lui un tableau (...) à propos duquel on se demande si le porteur du bouclier qu'il a peint est en train de descendre ou de monter[4] ». Les commentateurs s'attachent à déterminer

1. New York, The Frick Collection.
2. On pourrait enrichir l'analyse en montrant que les trois êtres féminins du tableau correspondent à des étapes différentes de la découverte par la femme de la sexualité, l'innocence (la petite fille de gauche), la résistance (celle de droite, qui repousse la grande comme si elle repoussait un agresseur), la fuite inutile et le don de soi.
3. Cf. L. Wittgenstein : « Je vois une image ; elle représente un vieil homme montant un sentier escarpé en s'appuyant sur une canne. — Et comment cela ? N'aurait-elle pas pu donner l'impression que, dans cette position, il glissait vers le bas de la route ? Un Martien décrirait peut-être l'image de cette façon. Je n'ai pas besoin d'expliquer pourquoi nous ne la décrivons pas ainsi. » (L. Wittgenstein, *Investigations philosophiques,* trad. P. Klossowski, Paris, 1961, p. 173.)
4. Pline l'Ancien, *Histoire naturelle*, livre XXXV, par. 59, éd. J.-M. Croisille, Paris, 1985, p. 69.

le « sens » (dans toutes les acceptions du terme) de la figure. A. Reinach y voit « l'Argien Kapaneus s'élançant sur l'échelle qu'il avait le premier appliqué aux murs de Thèbes, au moment où Zeus allait l'abattre d'un carreau de sa foudre[1] ». Il suggère ainsi une possible double lecture, selon qu'on l'oriente vers le passé ou le futur, en privilégiant plutôt la première[2]. Pour J.-M. Croisille, il s'agit plutôt d'un *apobates* (un écuyer faisant des exercices de voltige dans les jeux publics)[3]. Le passage est commenté au XVIII^e siècle. Selon La Nauze, dans son *Mémoire sur la manière dont Pline a traité de la Peinture*[4], il s'agirait d'une subtile traduction de l'irrésolution du soldat : « Or ces sortes de positions vacillantes, pour avoir de fréquents exemples dans la Nature, ne sont pas plus aisées à copier pour un peintre. L'habile artiste dont nous parlons avait pourtant saisi celle-ci ». L'académicien veut absolument conférer à la représentation ambiguë une signification univoque, par ailleurs très intéressante. Diderot est sensible à ce qu'il nomme les « actions amphibologiques[5] ».

Dans le cas des *Hasards heureux*, le jugement reste problématique. Il est impossible de savoir, au vu de la tension et de l'axe des cordes, de la localisation du siège et surtout de l'absence d'espace dégagé, si l'escarpolette monte ou descend, ou encore si elle est au bout de sa trajectoire ascendante. L'ambiguïté se fait discrète et n'est activée que lorsque d'autres formes d'ambiguïté plus évidentes ont été repérées. Elle n'en marque pas moins, de manière quasi clandestine,

1. *Recueil Milliet,* Paris, 1985, p. 150.
2. Mais il ajoute plus loin ; « Peut-être Polygnote montrait-il Kapaneus tombant de l'échelle » (p. 150).
3. Pline l'Ancien, *op. cit.,* p. 69.
4. Lu à l'Académie des Inscriptions et Belles Lettres le 20 mars 1735 ; in *Histoire de l'Académie royale des Inscriptions et Belles-lettres,* t. XXV, p. 215-301). Pomponius Gauricus, dans *De Sculptura* accordait à *l'amphibolie* suffisamment d'importance pour non seulement commenter celle de Polygnote, mais en réaliser une dans le bronze (éd. R. Klein, Genève, 1969, p. 70).
5. Cf. *infra,* p. 78, note 3.

une nuance d'hésitation qui enrichit l'interprétation sexuelle univoque tirée de la mise en évidence du sens symbolique des motifs. Elle marque en outre l'idée d'un point de bascule entre deux états, avant et après la vision, correspondant aux mouvements ascendant et descendant de l'escarpolette. En cela Fragonard s'inspire de Watteau. Dans *Le Faux-pas*[1], on ne sait si le jeune homme tire vers lui ou pousse vers le sol la jeune fille sur laquelle il se penche et qui se défend[2]. Mais dans le contexte des *Hasards heureux*, l'ambiguïté participe également à l'établissement d'un doute quant à la capacité du spectateur de pénétrer le jeu des apparences.

Grâce à l'antinomie de la pesanteur, la connivence avec le spectateur que requiert l'œuvre ne repose pas impunément sur un jeu avec les normes (celles qui fondent la symbolique, les limites entre les genres et l'illusion picturale). Parce que cette connivence est sans cesse appelée et battue en brèche, parce que le tableau est à la fois un appel et une dénonciation de lui-même comme leurre, le spectateur en vient à se poser la question de ce qui fait que pourtant l'œuvre s'impose encore et toujours à son regard. Le rapport à l'œuvre devient en lui-même un sujet de réflexion. Le recours aux formes spontanées d'appréhension du tableau, la manière dont ces savoirs spontanés s'associent avec les savoirs érudits, voilà ce qui devient problématique. Les limites de la connivence avec l'œuvre suscitent une interrogation sur le rapport entre ce que l'on voit et ce que l'on sait, question centrale à une époque où la critique d'art naissante affirme la possibilité de rendre compte de l'œuvre d'art par le discours.

1. Paris, musée du Louvre. Rappelons que son titre a longtemps été *L'heureuse chute*.
2. La localisation des figures sur la ligne d'horizon, la création d'un réseau de lignes parallèles à la surface du tableau (ainsi les branches à gauche parallèles au manteau et à la ligne formée par les mains) accentue la planéité de la représentation et donc rendent plus aisée l'idée d'un basculement dans un sens ou dans l'autre.

# DEUXIÈME PARTIE

## La pesanteur et la connaissance du tableau

### *La pesanteur et la technique picturale.*

Les jeux sur l'illusion picturale dans les *Hasards heureux* incitent le spectateur à observer avec attention l'œuvre dans sa matérialité. On quitte alors la représentation pour s'intéresser à la technique. Celle-ci est, dans le tableau de Fragonard, d'une précision ostensiblement virtuose. Elle l'est tout autant quand le peintre a, au contraire, recours au « style d'esquisse ». D'autres caractéristiques du tableau empêchent de s'en tenir au seul thème : les jeux sur la pesanteur, l'organisation brutale par plans successifs et la définition d'une sorte de « tableau dans le tableau », une zone centrale violemment éclairée dans la tradition de Boucher. Ce n'est donc pas seulement la facture qui peut être dite ostentatoire. Les *Hasards heureux* constituent dans leur ensemble une œuvre « à effets ». Cette caractéristique s'explique sans doute par les conditions de la commande : l'œuvre est faite pour plaire à des individus beaucoup moins amateurs de peinture que de plaisir sensuel. Mais il pourrait bien s'agir également d'une logique esthétique cohérente : l'œuvre ne se contente pas de jouer sur les références aux styles et aux genres, elle se présente comme artefact.

Une telle exhibition de la pratique entraîne une transformation du discours sur l'œuvre. Au XVIII$^{e}$ siècle comme aujourd'hui, le tableau fait traditionnellement l'objet d'un double commentaire, iconographique et technique. Il est une attitude qui caractérise la période moderne : la tendance du spectateur à dépasser la contemplation pour en venir à une analyse du processus créatif. Fragonard, dans les *Hasards heureux*, joue de cette posture particulière. Il fait en sorte que le spectateur observe l'œuvre du point de vue de sa réalisation — et que ce point de vue ne permette pas pour autant d'en arriver à une posture de domination vis-à-vis de l'œuvre, par la mise au jour d'un sens univoque. Cette démarche doit être associée à l'essor de la critique d'art, qui cherche à fonder sa légitimité par un discours dépassant l'apparence de l'œuvre pour en décrire la genèse[1]. On pose ainsi l'hypothèse d'un art qui se construit contre le discours censé en rendre compte : on verra qu'en cela Fragonard ne fait pas figure d'exception. Nous montrerons ensuite que ce jeu sur les savoirs artistiques, dans lequel la pesanteur joue un rôle majeur, doit être compris dans le cadre plus large d'une interrogation sur la connaissance possible du monde réel. L'importance des effets de la pesanteur en peinture devra alors être mise en rapport avec le rôle que lui confère la science du temps dans le contexte de la vulgarisation du newtonisme. Restera, pour clore cette partie, à tirer les leçons du rapprochement de l'art avec la science qui en est la conséquence.

Qu'un peintre joue ainsi des habitudes de regard n'a rien d'étonnant dans le cadre du conflit permanent entre critiques et peintres depuis le développement du commentaire

1. Le danger, dans l'étude du problème, consiste dans le recours à des entités au contour flou, l' « artiste », le « spectateur ». Cependant l'usage singulier que nous faisons ici du commentaire sur l'art justifie l'approche simplement quantitative qui est la nôtre : il s'agit de repérer les lieux communs de la critique au moment où Fragonard peint les *Hasards heureux*. Les relevés d'occurrences dans la collection Deloynes, la lecture des divers dictionnaires et textes théoriques sur l'art publiés pendant le siècle permettent d'établir une sorte de vulgate — ce savoir sur l'art vulgarisé dont joue Fragonard.

sur l'art dans la seconde moitié du XVIIe siècle et l'essor de la critique d'art au milieu du XVIIIe siècle[1]. Si R. de Piles peut encore en 1681 opposer « ignorants » et « connaisseurs[2] », le statut de ceux-ci, dont le nombre va pourtant croissant tout au long du XVIIIe siècle, devient de plus en plus problématique. Certains, comme Caylus, l'un des plus célèbres parmi les « amateurs », revendiquent hautement leur place dans le monde de l'art : « La peinture est composée, dans tous les pays qu'elle décore, de deux classes : l'une de ceux qui produisent et exécutent ; l'autre, de ceux qui connaissent et qui aiment[3] ». « Connaisseurs » et « amateurs » sont donc censés être solidaires de la cause de l'art. La relation avec les artistes devient plus complexe lorsque se développe, à partir du milieu du siècle, le discours critique. Malgré les voix qui rappellent l'intérêt pour les artistes de commentaires autori-

1. Cf. T. Crow, *Painters and Public Life in 18th C. Paris,* New Haven et Londres, 1985 ; C. Michel, *Charles-Nicolas Cochin et l'art des Lumières,* Rome, 1993 ; R. Wrigley, *The Origins of French Criticism. From the Ancien Régime to the Restoration*, Oxford, 1993.

2. Cf. le commentaire de *La Chute des damnés* de Rubens (nous choisissons cet exemple parce qu'il montre comment l'auteur définit les réactions vis-à-vis de la chute en termes cognitifs) : « Personne ne le regarde attentivement qu'il ne soit frappé d'horreur et qu'il ne descende, pour ainsi dire, tout vivant dans les enfers. Les ignorants sans y penser, en font l'éloge aussi bien que les plus savants connaisseurs, les premiers en détournant les yeux, après l'avoir regardé quelque temps, parce qu'ils n'en peuvent souffrir l'effet terrible, et qu'il leur semble effectivement voir de véritables damnés ; et les savans, en changeant aussitôt cette terreur en admiration et en s'extasiant, pour ainsi parler, à la vue de cet ouvrage incomparable, après en avoir examiné chaque partie, et l'effet du tout-ensemble » *(Dissertation sur les ouvrages des plus fameux Peintres,* Paris, 1681, p. 89).

3. A.-C.-P. de Caylus, « De la légèreté de l'outil », *Mercure de France,* sept. 1756, p. 156.

sés[1], ceux-ci dans leur ensemble refusent ce qu'ils considèrent comme un assujettissement. Ils engagent la lutte avec leurs moyens : le genre historique[2], la caricature[3] ou l'allégorie[4]. La Font de Saint-Yenne, malheureux précurseur de la critique d'art, subit les foudres des peintres dès la parution de ses *Réflexions*[5] : on conteste la légitimité des jugements émis par cet individu et ses successeurs. La bataille est en effet déclarée contre les « pédants[6] » : le jugement du

1. Cf. le titre d'un des chapitres de l'*Essai sur la peinture et sur l'Académie de France établie à Rome d'Algarotti* (Paris, 1769) : « De la critique nécessaire à un peintre » ou Moufle d'Angerville : « (...) tout en affectant de dédaigner cette foule de pamphlets satyriques (sic) dont ils se plaignent d'être inondé, de dire qu'ils ne les lisent pas, de les écarter loin d'eux ; il n'en est pas un qui ne se les procure en secret, qui ne les étudie, ne les médite et à travers la foule d'erreurs dont ils sont infectés, ne démêle quelque observation juste et n'en fasse son profit. » (Salon de 1787, lettre II, in *Les Salons de Bachaumont* (éd. F. Faré), Nogent-sur-Marne, 1995).
2. Bon Boullogne, dès la fin du XVII^e siècle, avait engagé la riposte : « Ce peintre ayant appris que l'auteur du *Mercure galant* avait mal parlé des peintres, des sculpteurs du temps, grava une planche pour l'almanach de l'année 1694 où piqué contre cet auteur il le représenta sous la figure de Mercure ; les deux Muses de la peinture et de la sculpture sont occupées à le fouetter, pendant que la troisième qui est la poésie lie une poignée de verges pour mieux recommencer ; on lit en bas cette inscription : ah ah galant, vous raisonnez en ignorant. » (A.-J. Dezallier d'Argenville, *Abrégé de la vie des peintres,* Paris, 1745, t. II, p. 376.)
3. Trémolières dessine *L'assemblée des brocanteurs ou satire des amateurs d'art* — une assemblée d'ânes, gravée par le comte de Caylus.
4. Louis Lagrenée présente au Salon de 1781 *L'amour des arts console la peinture des écrits ridicules et envenimés de ses ennemis.*
5. La Font de Saint-Yenne, *Réflexions sur quelques causes de l'état présente de la peinture en France, avec un examen des principaux ouvrages exposés au Louvre, le mois d'août 1746*, La Haye, 1747.
6. Elle suscite des paradoxes du type de celui de Falconet à propos de la sculpture : « Tout le monde s'y connaît, excepté les amateurs. » *(Correspondance littéraire,* 1^er juillet 1761, vol. III, p. 432.)

« connaisseur », proclamé tel par lui-même ou par ses pairs, est perçu comme un *diktat* puisqu'il dénie au spectateur la légitimité du plaisir qu'il prend spontanément[1] — et une supercherie illustrée par le topos du tableau noir[2] devant lequel s'extasie le « connaisseur[3] ». Les vrais érudits, les « antiquaires », Caylus à leur tête, tiennent à se différencier soigneusement des polygraphes ignorants que sont la plupart des critiques, et leurs attaques sont aussi virulentes que celle des peintres.

Pourtant la plupart des auteurs de « Salons » se défendent d'être pédants. Nombreux sont au contraire ceux qui prônent le libre exercice des « lumières naturelles », en d'autres termes d'un goût inné qui s'intègre parfaitement dans l'idéologie de l'« homme de qualité » dont les compétences seraient seulement élargies à l'art. Ils reprennent à l'occasion l'offensive contre les artistes et, curieusement, cette critique se fait aussi contre un savoir : celui qui permet de comprendre le sujet des œuvres. Ici les critiques savent qu'ils touchent un point sensible : le large public qui fréquente les Salons et lit les pamphlets n'apprécie guère qu'on lui fasse sentir son

1. Ainsi déjà vers 1723 dans le *Dialogue sur la connaissance de la peinture* du peintre C.-A. Coypel : « Je mets un véritable connaisseur en conversation avec un homme d'esprit, qui n'ayant jamais eu de principes sur la Peinture n'ose s'en rapporter à ses yeux ou pour dire plus n'ose céder au plaisir qu'il ressent en voyant des tableaux dans la crainte de n'être pas satisfait selon les règles. » (C.-A. Coypel, *Dialogue sur la connaissance de la peinture,* Doucet ms 510.)
2. Cf. C.-A. Coypel, *op. cit.* : « Quel air de capacité ne se donne point mon homme en se récriant devant le monde sur les beautés d'un vieil tableau noircy où les autres ne connaissent plus rien, et où il ne découvre plus rien lui-même, on le suit, on l'écoute, il faut dit-on que cet homme soit bien profond dans la connaissance de cet art pour découvrir encore des beautés dans un tableau où nous ne croyons voir que du noir »
3. Le Blanc, *op. cit.,* p. 74 : les prétendus connaisseurs « préfèrent un Tableau noir, où personne ne peut rien connaître, aux meilleurs tableaux du temps ».

ignorance. D'où les recommandations des théoriciens aux artistes pour qu'ils évitent les sujets trop abscons[1], mais aussi au public pour qu'il s'instruise suffisamment[2]. D'ailleurs le danger d'incompréhension ne provient pas seulement de l'identification parfois problématique du sujet : il peut être dû à la difficulté d'interpréter correctement les comportements d'une figure ou la nature d'un objet. On parle fréquemment des figures « amphibologiques[3] » ; on évoque la

1. Selon Dubos, le peintre « ne doit introduire sur sa toile que des personnages dont tout le monde, du moins le monde devant lequel il doit produire son tableau, ait entendu parler. (...) Nous avons parlé de l'indifférence des spectateurs pour le tableau dont ils ne connaissaient pas le sujet. » (J.-B. Dubos, *op. cit.*, p. 80.)
2. On multiplie les ouvrages, notamment sur la mythologie, permettant de combler ses lacunes (ainsi celui de l'abbé A. Banier, *La Mythologie et les Fables expliquées par l'histoire,* 3 vol., Paris, 1738-40). C. Rollin, dans son célèbre *Traité des études* (Paris, 1726-28), en profite pour montrer l'intérêt mondain de la connaissance de la « fable » : « Il est d'autres espèces de livres, exposés aux yeux de tout le monde, les tableaux, les estampes, les tapisseries, les statues. Ce sont autant d'énigmes pour ceux qui ignorent la fable, qui souvent en est l'explication ou le dénouement. Il n'est pas rare que dans les entretiens on parle de ces matières. Ce n'est point, ce me semble, une chose agréable, que de demeurer muet et de paraître stupide dans une compagnie, faute d'avoir été instruit pendant la jeunesse d'une chose qui coûte fort peu à apprendre » (t. I, p. 44.).
3. Diderot évoque les « actions amphibologiques et les mouvements « équivoques » (*Lettre sur les sourds et muets,* éd. Tourneux-Assézat,Paris, 1875, t. I, p. 358) qu'il évoque volontiers : ainsi dans l'art. « Encyclopédie » de l'*Encyclopédie* à propos d'une « Renommée » tenant une couronne au-dessus de la tête d'un héros dont « on ne sait si elle la donne, ou si elle l'enlève : c'est à l'histoire à lever l'équivoque », ou dans le *Salon de 1765,* à propos du *Berceau pour les enfants de Le Prince*. Ces remarques correspondent au repérage de la possibilité de double interprétation, notamment dans la représentation du mouvement, dont on a vu plus haut que Fragonard faisait un usage délibéré.

nécessité d'un commentaire explicatif[1]. La Font de Saint-Yenne va jusqu'à proposer l'utilisation de cartouches[2].

En fait, la vraie question n'est pas tant celle du savoir requis de la part du spectateur que de l'attitude du critique qui consiste à juger de ce qui ne devrait pas relever d'une démarche cognitive. L'Académie royale de peinture et de sculpture a joué là un rôle très important. En effet, en considérant que certains aspects de l'art[3] non seulement s'apprennent (comme c'était déjà le cas dans les ateliers) mais peuvent être décrits et présentés discursivement, elle a fourni une compétence et surtout une légitimité inédites à ceux qui écrivent sur l'art : ayant appris les préceptes des *Tables de l'Aca-*

1. Cf. la Lettre à l'Auteur... (1753) : « C'est vraiment dans ces moments qu'un Peintre sent le besoin qu'il a d'un traducteur, dont les pensées nettes se présentent d'abord avec une expression également nette » (extrait des Observations sur la Physique et les arts, 1753, Del. VII, p. 80/6).
2. Il faut selon lui « renouveler l'ancien usage dans la renaissance de la Peinture et qui se pratique encore dans les sujets d'histoire exécutés dans les tapisseries, c'est dis-je de placer un cartouche dans le bas du tableau où sera écrit sur un fond très clair, en caractères noirs, le sujet que le peintre a choisi » (*Sentimens sur quelques ouvrages de peinture,* Paris, 1754, p. 110) ; un autre critique propose en 1759 de revenir aux phylactères médiévaux *(Lettre critique à un ami,* Del. 1759, p. 232-33/12-13).
3. On ne fera pas l'injure aux Académiciens de croire qu'ils considéraient l'art comme susceptible d'être intégralement enseignable, et donc soumis à des règles générales. Le « rameau de Virgile » — le don des dieux — reste nécessaire. C'est pourquoi les cours professés à l'Académie, et plus tard à l'École royale des élèves protégés, ne portent que sur des savoirs communicables : l'anatomie, la perspective, la fable, etc. (cf. L. Vitet, *L'Académie royale de peinture et de sculpture,* Paris, 1861, L. Courajod, *L'École Royale des Élèves protégés,* Paris, 1874 et M. Vasselin, « Les Cours et Conférences dans les académies d'art en France aux XVIIe et XVIIIe siècles », in *Diffusion des savoirs et affrontement des idées 1600-1770, Montbrison, 1993,* p. 393-410).

*démie* publiés par Testelin[1], ayant lu le texte des conférences données à l'Académie à partir de 1667, ainsi que les divers traités produits par les amateurs ou par les peintres les plus éminents, tous travaux dont la destination première était les artistes eux-mêmes, ils peuvent à bon droit considérer qu'ils sont aptes à juger de tous les aspects de l'œuvre non en tant qu'elle offre un spectacle, mais en tant qu'elle est le produit d'une élaboration plus ou moins réussie. Ces textes déterminent bien plus qu'une nouvelle compétence du spectateur. Ils définissent une nouvelle attitude vis-à-vis de l'œuvre : on prend plaisir à voir comment l'œuvre est réalisée, et non plus seulement ce qu'elle montre.

Dans ces conditions, à la connaissance du thème et de l'ensemble des connotations qui lui sont associées s'ajoute ce que l'artiste est censé avoir caché, les connaissances techniques qu'il utilise. Le critique oppose ce que Hagedorn appelle les parties « mécanique » et « poétique » de l'art[2], ou Diderot le « faire » et le « sujet[3] ». Cette opposition nous ramène peu à peu vers le problème de la pesanteur. Elle induit en effet la considération de deux spectacles distincts, ce que l'on trouve déjà chez d'Aubignac, au milieu du XVII^e^ siècle : « On peut considérer un Tableau en deux façons : la première comme une peinture, c'est-à-dire, autant que c'est l'ouvrage de la main du Peintre, où il n'y a que des couleurs, et non pas des choses ; des ombres, et non pas des corps, des jours artificiels, de fausses élévations... La seconde autant qu'il contient une chose qui est peinte, soit véritable ou supposée telle, dont les lieux sont certains, les qualités naturelles, les actions indubitables, et toutes les circonstances selon l'ordre et la raison[4] ».

1. H. Testelin, *Sentimens des plus habiles peintres sur la pratique de la Peinture et Sculpture mis en tables de préceptes,* Paris, 1680.
2. C.-L. von Hagedorn, *Réflexions sur la peinture,* trad. Huber, Leipzig, 1775, p. 153.
3. *Salon de 1765,* éd. Bukdahl-Lorenceau, Paris, 1984, p. 111.
4. F. d'Aubignac, *La pratique du théâtre,* Paris, 1657. On retrouve...

La relation entre les deux regards n'est pas stable. Elle dépend du genre dont relève le tableau. Puisque le sujet est dépourvu d'intérêt, le regard se porte, dans le cas des œuvres de genres mineurs (paysage, nature morte), sur la technique. Le grand artiste pourra, à l'occasion, atteindre au « sublime du technique[1] » dont parle Diderot à propos de Chardin[2]. La peinture de genre se trouve dans une situation intermédiaire : elle présente en effet un thème, parfois même un sujet précis, c'est-à-dire une action qui attire par elle-même l'attention et dont on peut juger : c'est le cas dans les *Hasards heureux*. Mais Fragonard n'en a pas moins recours à une virtuosité technique ostentatoire. La rivalité entre un thème particulièrement fas-

une opposition identique chez Richardson : « Il faut que chaque Peinture soit telle que, lorsqu'à une certaine distance, on ne puisse pas distinguer quelles en sont les figures, ni ce qu'elles font, elle paraisse faire un composé de Masses de jour et d'ombre ». Diderot a donné une célèbre évocation dynamique du rapport entre les deux regards : « Approchez-vous, tout se brouille, s'aplatit et disparaît ; éloignez-vous, tout se recrée et se reproduit » (*Salon de 1763,* éd. R. Lewinter, t. V, p. 43.). Il est curieux de retrouver le même ordre (vision formelle, vision identifiante) chez E. Panofsky : il faut d'abord tenir compte des formes, « des multiples contrastes qu'elles forment entre elles, des innombrables passages que leur permet l'infinie varité de leurs nuances, et, à l'extrême rigueur, de leurs regroupements en ensembles quasi ornementaux ou quasi tectoniques » (« Contribution au problème de la description d'œuvres appartenant aux arts plastiques et à celui de l'interprétation de leur contenu », in *La Perspective comme forme symbolique,* Paris, 1975, p. 235-45). Il s'inscrit dans une conception qui fait de l'interprétation une progression vers un plus haut degré d'idéalisation dans l'œuvre (vers la connaissance d'un état de la civilisation chez Panofsky).

1. Cf. Dubos, à propos de représentations de « fruits » et d'« animaux » : « Lorsque nous regardons avec application les tableaux de ce genre, notre attention principale ne tombe pas sur l'objet imité, mais bien sur l'art de l'imitateur » (J.-B. Dubos, *op. cit.,* p. 23).

2. Ainsi chez Diderot à propos de Chardin : « Point de milieu, ou des idées intéressantes, un sujet original, ou un faire étonnant. Le mieux serait de réunir les deux, et la pensée piquante et...

cinant et une technique qui appelle l'attention participe du jeu sur le regard du spectateur. C'est que Fragonard ne se contente pas d'opposer des regards qu'on pourrait qualifier de « technique » et « culturel » : il y joint un autre regard, défini cette fois en termes d'attention, dont Poussin a donné la formulation classique en distinguant entre « aspect » et « prospect[1] ». Cette distinction est reprise par la plupart des commentateurs ; ainsi Le Blanc, qui évoque d'abord un regard sur l'ensemble de l'œuvre puis ajoute : « Ce n'est qu'après ce premier coup d'œil que les connaisseurs eux-mêmes entrent dans les détails, pour distinguer les beautés ou les défauts des différentes parties d'un tableau[2] ». Dans le chassé-croisé entre les oppositions technique-sujet et ensemble-détail se trouve défini un regard qui va vérifier, auprès de chaque motif, la qualité de sa réalisation technique. Parce que la pesanteur ne concerne que les motifs, elle les associe d'une part à la surface peinte, d'autre part à l'espace fictif régi par la pesanteur. Cette

l'exécution heureuse. Si le sublime du technique n'y était pas, l'idéal de Chardin serait misérable » (ibid.).

1. « Il faut savoir, dit-il, qu'il y a deux manières de voir les objets, l'une en les voyant simplement, et l'autre en les considérant avec attention » (Lettre à Sublet des Noyers, citée par Félibien dans ses *Entretiens sur la vie et les ouvrages des plus excellents peintres anciens et modernes,* Paris, 1666-1688 t. IV, p. 40 et sq. ; publiée dans *N. Poussin, Lettres et propos sur l'art,* éd. A. Blunt, Paris, 1989, p. 73). L'attention à la technique n'est pas évoquée en tant que telle ; ce silence ne correspond peut-être pas à une simple dénégation, mais au fait que les caractéristiques formelles (composition, couleur, lumière, etc.) sont considérées comme des parties intégrantes d'une poétique de l'œuvre de laquelle relève tout autant le sujet.

2. Abbé Le Blanc, *op. cit.,* p. 127. Le regard attentif peut lui-même correspondre à la prise en compte des dimensions « culturelle » et « technique » cf. Laugier : « Après avoir donné quelque temps, à cette inspection vague du tableau, approchez-vous davantage, pour bien connaître le sujet, et en étudier soigneusement la composition » (*Manière de bien juger des ouvrages de peinture*, Paris, 1771, p. 238).

double articulation correspond à un aspect important du travail du peintre : la pondération de la figure.

La pondération est une notion fondamentale de la théorie des arts plastiques en Occident. Son apparition est difficile à dater tant elle est liée à la théorie de l'imitation qui triomphe en Occident jusqu'au XXe siècle. L'une des premières occurrences en français se trouve dans la traduction du *Traité de la peinture*[1] de Léonard de Vinci publiée par Fréart de Chambray en 1651. Le terme figure pour la première fois dans un dictionnaire français quelques années avant l'exécution des *Hasards heureux*, dans le *Dictionnaire de l'Académie française* de 1762[2]. Depuis son apparition dans les traités d'art de la Renaissance italienne, elle marque la continuité avec la tradition grecque de la définition d'un espace pondéré, même si en peinture l'espace se réduit à une simple ligne de sol et si, en sculpture, le déhanchement du *kouros* marque seulement l'esquisse d'un mouvement[3]. C'est la valorisation du mouvement dans l'art de la Renaissance qui donne toute son importance à la pondération. Il faut en effet pouvoir trouver une solution au paradoxe visuel qu'est la représentation du mouvement. Léonard de Vinci l'énonce en ces termes : « Dans l'acte du mouvement, les figures en relief, debout, semblent tomber naturellement en avant[4] ».

Pourtant l'exigence, depuis Alberti, demeure la même : « (...) nous attendons qu'une peinture soit en relief et qu'elle

1. Dans la version originale du *Traité,* publié la même année par R. trichet du Fresne, on trouve le terme de pondération.
2. « Terme de peinture. Science qui détermine l'équilibre des corps, et leurs justes mouvements, conformément aux lois de la physique. » *(Dictionnaire de l'Académie*, Paris, 1762.)
3. Cf. T. Tikkanen, *Die Beinstellungen in der Kunstgeschichte,* Uppsala, 1963.
4. Léonard de Vinci, *Carnets,* trad. J. Servicen, Paris, 1942, t. II, p. 237.

ressemble le plus possible aux corps réels[1] ». Le problème est alors de produire des figures qui semblent véritablement en appui sur le sol. Vasari y verra d'ailleurs l'une des trouvailles majeures de celui dont il fait le fondateur de « la bonne manière dans la peinture[2] », Masaccio : « (...) il considéra que les figures qui n'étaient pas bien plantées et n'avaient pas les pieds dessinés en raccourci sur le sol, mais s'élevaient sur le bout des orteils, manquaient de qualité et de style sur les points essentiels et que les artistes qui les faisaient prouvaient leur ignorance du raccourci[3] ». « Ignorance » : Vasari met ainsi l'accent sur la dimension cognitive si importante dans la notion de pondération. En effet, si l'équilibre et le poids des corps peuvent être perçus par n'importe qui, la restitution de ces caractéristiques requiert une véritable compétence. C'est pourquoi, dans leurs écrits sur l'art, peintres et amateurs rivalisent de conseils pratiques pour la réalisation d'une figure correctement pondérée. Léonard de Vinci distingue entre équilibre « simple » et « composé » (avec ou sans charge)[4], et définit les conséquences de l'« extension d'un bras

1. L.-B. Alberti, *De la peinture,* trad. J.-L. Schefer , Paris, 1992, p. 151.
2. G. Vasari, *Les Vies des meilleurs peintres, sculpteurs et architectes,* trad. sous la dir. d'A. Chastel, Paris, 1983, t. III, p. 175.
3. Ibid., p. 175-176.
4. En fait l'opposition est plus complexe : « La pondération ou l'équilibre des hommes se divise en deux parties ; c'est à savoir, simple ou composée : l'équilibre simple est celui que l'homme fait demeurant debout sur ses pieds sans se mouvoir, en laquelle position cet homme estendant les bras, et les esloignant diversement de leur milieu, ou se baissant estant sur ses pieds tous jours le centre de sa pesanteur se trouve perpendiculaire sur le milieu de la ligne laquelle mesure l'espace qui est entre les centres des pieds : par l'équilibre composé on entend celui que fait un homme lorsqu'il a sur lui quelque fardeau, et qu'il le soutient par des mouvements divers » (*Traité de la peinture,* trad. R. Fréart de Chambray, Paris, 1651). Cf. CCLXIV p. 85-86. On remarquera que le mouvement libre de toute charge n'est pas évoqué.

plié » sur la « répartition du poids d'un homme » en faisant référence à l'équilibriste[1].

On recourt à des compétences anatomiques, celles-là mêmes que les académies, à partir de la deuxième moitié du XVI^e siècle en Italie et de 1648 en France, vont enseigner à leurs élèves ; mais c'est une anatomie en mouvement, décrite en termes physiques simples comme chez Léonard et fondée sur l'observation. Les règles demeurent les mêmes tout au long de l'époque moderne. On notera la différence d'attitude vis-à-vis de la pondération entre les deux figures antagoniques de la « querelle du coloris », Félibien et R. de Piles. Certes, le premier fait de cette notion un aspect essentiel de l'art du dessin[2]. Mais le second lui accorde une importance plus grande encore, puisqu'il annonce un traité entièrement consacré à la notion de pondération[3] ; on ne sait si cet écrit a disparu, ou bien n'a pas été réalisé[4]. La plupart des auteurs du XVIII^e siècle reprennent approximativement les mêmes définitions[5].

1. « Comment l'extension d'un bras plié modifie toute la répartition du poids d'un homme. L'extension du bras plié charge tout le poids d'un homme sur la jambe sur laquelle il repose, comme il appert chez celui qui va sur une corde raide, les bras étendus sans autre bâton » *(Traité de la peinture,* éd. A. Chastel, Paris, 1987, p. 243).
2. Du dessin « dépend la position des figures pour être mises sur leur centre, avec la pondération ou équilibre qui les peut tenir en état » *(De l'origine de la peinture et des plus excellens peintres de l'antiquité,* Paris, 1660, p. 7).
3. « La partie de la Peinture qui est comprise sous le mot d'attitude, qui renferme tous les mouvements du corps humain, et qui demande une connaissance exacte de la pondération, doit être examinée à fond dans un trait particulier qui a relation à celui du dessin » *(Cours de peinture par principes,* Paris, 1708, p. 100-101).
4. Si l'on considère qu'il n'a jamais été réalisé, on peut se demander si ce n'est pas du fait que la pondération correspond à l'échelle de la figure, alors que de Piles privilégie l'échelle du tableau et la liaison entre les motifs (notamment au travers de la notion de « tout-ensemble » cf le *Cours).*
5. Cf. F.-M. de Marsy, *Dictionnaire abrégé de peinture et d'architecture...*

Ce qui évolue, c'est la manière dont la pondération est valorisée. Chez Alberti, chez Léonard de Vinci, il s'agit de présenter la figure telle qu'elle est dans la réalité. Au cours du XVI^e siècle, dans le cadre du maniérisme ambiant où la vraisemblance de l'espace, du chromatisme et des corps est systématiquement mise à mal, on voit apparaître la mention des dangers qu'encourt la figure mal pondérée. Dolce indique qu'une figure, « si elle est debout, qu'elle appuie la plante des pieds si sûrement, qu'on ne puisse croire qu'elle chancelle[1] ». Il s'agit là d'une des premières mentions d'une crainte récurrente dans les textes sur l'art des temps modernes : le risque de chute. Dolce dit déjà ce qui rend la faute de pondération particulièrement lourde de conséquences : elle définit une autre posture et donc peut mener au contresens ; mais, plus profondément, elle marque l'échec de la représentation fictive, sa fragilisation sous le regard du spectateur. C'est sans doute pourquoi on insiste tant pour que l'artiste s'assure de la « solidité » des figures, de leur « assiette » ; et le culte de l'harmonie, si répandu dans l'art français du XVII^e siècle, contribue à la valorisation de celle-ci. H. Testelin, porte-parole de l'Académie royale de peinture et de sculpture, s'en fait l'écho en parlant de la nécessité, dans la représentation des figures, d'« affermir leur position par le moyen de l'équi-

Nyon, 1746, « Pondération » ; A.-J. Pernéty, *Dictionnaire portatif de peinture, sculpture et gravure,* Paris, 1757, « Pondération » ; M.-F. Dandré-Bardon, *Traité de peinture,* 1765, I, p. 38-39, « Pondération » ; Robin, auteur de l'article « mouvement » dans le *Dictionnaire des beaux-arts de* C.-H. Watelet et P.-C. Lévêque, Paris, 1788-92, rend hommage à ses inspirateurs : « Léon-Baptiste Alberti, Léonard de Vinci ont savamment traité des lois de l'équilibre par rapport aux mouvements du corps humain ». Pour plus de détails, cf. *Figures de la pesanteur. Équilibre et pondération dans la peinture de genre du XVIII^e siècle en France (Watteau, Chardin, Fragonard),* École des Hautes Études en Sciences Sociales, 1991, p. 102-126.

1. *Dialogues sur la peinture de Louis Dolce, intitulé l'Arétin,* Florence, 1735 (1^ère éd. 1557), p. 171.

libre[1] ». Furetière définit clairement le double enjeu de la pondération : « Quand un corps est posé hors de son centre de gravité, il n'est plus dans l'équilibre. Les peintres doivent avoir grand soin d'observer cet équilibre, afin que leurs figures ne semblent point tomber et porter à faux[2] ». La coordination finale, sans doute empruntée à Félibien[3] est riche d'avenir : on la retrouvera dans de nombreux textes postérieurs. La faute de pondération à la fois définit une autre figure (« tomber » ) et attire l'attention sur la technique (« porter à faux » ). Dans un autre texte de Félibien[4] apparaît avec une étonnante intensité la menace qui pèse sur la vraisemblance de l'œuvre à cause du paradoxe que constitue la représentation du mouvement par une chute : « car le mouvement se ruinerait lui-même si l'équilibre ne demeurait toujours comme son guide et son gouvernail[5] ».

Avec l'essor de la critique d'art au cours du XVIIIe siècle, la pondération des motifs devient l'un des thèmes préférés des auteurs de « Salon ». Elle présente de nombreux avantages : la faute de pondération peut être perçue par ces critiques aux compétences plus que réduites[6] ; elle suscite chez le lecteur, qui le plus souvent n'a pas vu le tableau, une image mentale immédiate ; elle correspond enfin au goût pour un rapport sensible à la représentation. Le terme technique de « pondé-

1. H. Testelin, *Sentimens des plus habiles peintres sur la pratique de peinture et de sculpture*, Paris, 1680, « Cinquième table des préceptes de la peinture sur l'ordonnance ».
2. A. Furetière, *Dictionnaire universel*, Paris, 1690, art. « équilibre ».
3. Cf ses *Principes de l'architecture, de la sculpture, de la peinture, et des autres arts qui en dépendent, avec un dictionnaire des Termes propres à chacun de ces Arts,* Paris, 1776.
4. « Voila en quoi consiste le dessein (sic) : (...) c'est lui qui donne la pondération aux corps pour les mettre en équilibre et empêcher qu'ils ne semblent tomber et ne pas se soutenir sur leur centre » (A. Félibien, *Entretiens sur la vie et les ouvrages des plus fameux peintres anciens et modernes,* Paris, 1725, t. IV, p. 273).
5. A. Félibien, *op. cit.,* p. 338.
6. Cf. R. Wrigley, *op. cit.*

ration » est d'ailleurs souvent remplacé par d'autres plus imagés : « aplomb[1] », « équilibre[2] », « mouvement balancé[3] ». La notion permet aussi et surtout au critique d'inventer une anecdote à partir de ce qu'il voit et donc de valoriser son statut. Car l'impression de chute due à la faute de pondération peut produire un effet comique que les commentateurs ne se privent pas de souligner, ainsi à propos de Le Prince : « Son dessin est incorrect : il serait impossible à ses figures de faire un pas sans risquer des chutes funestes[4] ». Les êtres divins n'échappent pas au sarcasme : on évoque une femme qui « fait un tour d'équilibre en présentant à Notre Seigneur son enfant qu'elle ne tient que du bout des doigts[5] ». Le critique s'octroie ainsi une agréable supériorité vis-à-vis de l'œuvre, à laquelle il associe le lecteur. Mais il peut aussi retrouver une problématique proche de celle des théoriciens, et notamment la double qualification de la faute de pondération vue précédemment[6].

1. *Entretiens de M. l'abbé A*** avec Mylord B***,* 1773, Del. X, p. 244/12 (à propos de la *Diane au retour de la chasse* de Vien, présentée au Salon de 1773).
2. *Lettre à Mme *** sur les peintures, les sculptures, et gravures exposées dans le Salon du Louvre cette année, 1763,* Del. VIII, p. 157/27 (Par Mathon de la Tour, à propos du *Mariage de la Vierge* de Deshays).
3. *Lettre sur la peinture,* Paris, 1748, p. 101.
4. *La prêtresse ou nouvelle manière de prédire ce qui est arrivé,* 1777, Del. X, p. 964/14.
5. *Lettre de Raphaël le jeune,* 1771, Del. IX, p. 512-40. On peut rapprocher de tels propos des caricatures contemporaines ayant recours à la pesanteur, comme la célèbre gravure publiée dans Marlborough au Salon, commentaire ironique de la *Résurrection de Suvée,* dans laquelle le Christ est remplacé par une montgolfière *(La machine aérostatique*. La gravure est reproduite, avec le tableau de Suvée en regard, dans l'ouvrage de T. Crow, *op. cit.,* p. 95).
6. Cf. par exemple Cochin : « Comment se fait-il que le terrain sur lequel elle (une figure) pose ne reçoive pas la même lumière ? (...) Ce défaut, dans lequel plusieurs personnes tombent, fait paraître les figures comme en l'air et découpées » *(Observations sur les ouvrages exposés au Salon du Louvre,* Del. X, 1775, p. 571-72/29-30).

On voit que l'écart est grand entre la pondération des artistes et celle du spectateur, entre la « science » s'appuyant sur les « lois de la physique » et l'appréhension intuitive du degré d'exactitude. La pratique du discours sur l'art conduit toutefois à mêler les deux niveaux. Lorsqu'on parle d'erreur, c'est qu'on ressent intuitivement l'incorrection ; mais c'est aussi la condamnation d'une pratique vis-à-vis de laquelle on se place en position de supériorité ; et les petites fictions sur les chutes à venir illustrent bien la tendance du commentateur à produire lui-même une œuvre à partir de celle qu'il a sous les yeux. Les *Hasards heureux* constituent de ce point de vue un exemple intéressant, puisque l'antinomie de la pesanteur attire l'attention sur la question du poids. Les divers motifs qui paraissent à la limite de l'erreur de pondération, comme l'arbre ou le jeune homme, invitent selon le principe de propagation à vérifier la pondération de l'ensemble des motifs. Tous ces motifs qui rappellent le caractère problématique de la représentation des effets de la pesanteur permettent de porter sur l'œuvre un jugement technique qui n'a pas d'autre conséquence que de rendre ambivalent le rapport à l'œuvre : les effets de pesanteur le suscitent, l'antinomie de la pesanteur en rend sensibles les limites.

Mais simultanément cette antinomie ouvre une nouvelle dimension. En effet, dans les *Hasards heureux*, la pesanteur est étroitement liée à la question du savoir : le jeu sur la vraisemblance et l'illusion étudié dans la première partie laisse ouverte l'interrogation sur la réalité de l'action représentée, sur la responsabilité des différentes figures. Il conduit en particulier à un questionnement du rôle de la pesanteur comme cause de l'incident représenté. Or le jeu sur la pondération introduit l'idée d'une représentation incorrecte et néanmoins interprétable, comme si les savoirs techniques avaient une importance limitée. Il s'ensuit un rapprochement entre l'étude des procédés permettant la réalisation de l'œuvre et l'interrogation sur la cause de l'événement représenté. Est-ce que cette cause peut être la pesanteur alors que la pondération pose problème ? Apparaît alors la question du savoir face à l'œuvre. Or la pesanteur se caractérise par l'écart entre les compétences susceptibles d'en étudier les effets. Elle peut en effet être saisie intuitivement mais aussi conçue en rapport à des lois physiques complexes, ces lois physiques auxquelles fait référence la définition du dictionnaire de l'Académie. C'est que la pesanteur, dans le contexte de la diffusion du newtonisme, constitue un objet central de la pensée scientifique du temps ; en outre, elle est devenue un thème à la mode dans les milieux cultivés.

*La pesanteur en peinture et la physique contemporaine.*

« L'étude de la physique est une des plus nobles et vertueuses occupations de l'esprit humain[1] » : l'opinion de Boureau-Deslandes est largement partagée au milieu du siècle. Elle l'est d'autant mieux que le terme renvoie à des notions relativement vagues mais qui vont en se précisant : si pour Furetière la physique se définit comme « la science des causes naturelles, qui rend raison de tous les phénomènes du ciel et de la terre[2] », elle devient dans l'Encyclopédie la « science des propriétés des corps naturels, de leurs phénomènes et de leurs effets, comme de leurs différentes affections[3] ». Elle couvre donc l'ensemble des aspects de l'étude de la nature. Les ouvrages de vulgarisation se multiplient à partir des *Entretiens sur la pluralité des mondes* de Fontenelle (1686)[4]. Le newtonisme diffusé en France dans les années 1730, grâce

1. A.-F. Boureau-Deslandes (vers 1750), cité par D. Mornet, *Les Sciences de la nature au XVIII^e^ siècle,* Paris, 1911, p. 123.
2. A. Furetière, *Dictionnaire universel*, Paris, 1690, art. « Physique ».
3. *Encyclopédie,* Paris, 1751-72, art. « Physique ».
4. Citons les deux plus célèbres : *Le Spectacle de la nature de l'abbé Pluche* (Paris, 1732-42) ; *les Leçons de physique expérimentale de l'abbé Nollet* (Paris, 1743). *Le Journal des Savants* rend compte, à partir de 1670, des nombreux ouvrages parus.

à Maupertuis et Voltaire[1], provoque un regain d'intérêt. Surtout, elle devient à la mode. On se presse en foule aux cours de physique du collège de Navarre[2]. Les physiciens sont invités dans les salons, où ils prennent, selon Le Blanc, la place des « talents » (c'est-à-dire des artistes et hommes de lettres) durant les années 1730-1740[3] : « L'époque de leur gloire est ce moment où tout Paris s'est cru Géomètre. C'est alors que parut le *Newtonianisme pour les Dames*. Chacun se persuada qu'en effet il était inutile de se donner tant de peine pour devenir savant, et que l'imitateur de la *Pluralité des Mondes* avait mis à la portée de l'intelligence la plus commune tout le sublime de la philosophie nouvelle. On étudia les *Institutions physiques*[4]. On apprit par cœur les *Éléments de Newton*[5] ». Le goût pour la physique se retrouve chez les érudits : Caylus, le grand « antiquaire », publie des « Réflexions sommaires sur les connaissances physiques des Anciens[6] ». L'engouement

1. Cf. P. Brunet, *L'Introduction des théories de Newton en France au XVIII^e siècle (avant 1738)*, Paris, 1931. Le père Sigorgne l'enseigne au collège du Plessis à partir de 1740. Il publie en 1747 ses *Institutions newtoniennes, ou introduction à la philosophie de Newton*, qui rencontrent un franc succès.
2. « C'est dans ce collège que se donnent trois fois la semaine des leçons d'expérience de physique, où il y a un très grand concours d'Auditeurs de tout âge, qui se placent sur un très vaste amphithéâtre construit dans la salle où se font ces expériences. C'est le roi Louis XV qui a fondé cette place » (C.-M. Saugrain, *Les curiosités de Paris*, Paris, 1778, t. II, p. 405).
3. « C'est sous l'étendard des talents que les Géomètres ont trouvé le secret de s'introduire dans le monde, ils n'y ont pas été plutôt admis qu'ils leur ont fait la guerre ; ils ont aujourd'hui objet de s'en repentir ; ils ont eu un emploi brillant, mais court. Leur chute doit d'autant plus les humilier que leur triomphe leur avait tourné la tête. » (Abbé J.-B. Le Blanc, *Observations sur les ouvrages de MM. de l'Académie de Peinture et de Sculpture exposés au Salon du Louvre en 1753*, Paris, 1753, Del. V, p. 538-39/126-27.)
4. Madame du Châtelet.
5. Abbé Le Blanc, *op. cit.*
6. In *Histoire et Mémoires de l'Académie des Inscriptions et Belles-Lettres,* Paris, 1759 t. XXVII, p. 58.

prend aussi des formes ludiques : en 1736, la mode du cerf-volant est telle qu'on doit en interdire l'usage dans les lieux publics : il y avait eu des émeutes[1]. Parmi les questions abordées, celle de la pesanteur est privilégiée du fait de son importance dans le nouveau système, fondé sur la notion de gravitation universelle[2]. Les travaux de Galilée sur la chute des corps font toujours l'admiration des savants[3].

L'influence sur l'art est également perceptible. Il est vrai qu'il existe en Occident une association traditionnelle entre l'art et les sciences, celles-ci étant considérées comme les formes les plus nobles du savoir[4]. Elle perdure au XVIII^e siècle et se retrouve dans le programme d'enseignement de l'Académie[5].

1. Cf. C. Hart, *Kites - An International Survey,* Londres, 1967, p. 81. J.-B. Huet en France, F. Hayman, A. Devis en Angleterre représentent des enfants avec leur cerf-volant. Celui rentre dans la fable (cf. le « cerf-volant et la comète » de B. Imbert, *Fables nouvelles,* Paris, 1773).
2. Alors que pour les cartésiens c'est l'étendue qui est la caractéristique fondamentale des corps : « (...) ce n'est pas la pesanteur, ni la dureté, ni la couleur etc., qui constitue la nature du corps, mais l'extension seule « (R. Descartes, *Principes de la philosophie*, in *Œuvres,* éd. A. Bridoux, Paris, 1953, p. 612). Cf. A. Koyré, « La loi de la chute des corps. Galilée et Descartes », *Revue philosophique de la France et de l'étranger,* mai-août 1937, p. 48.
3. Cf. l'abbé Pluche, *Le Spectacle de la nature,* Paris, 1739, t. IV, p. 506. L'intérêt pour les divers aspects de la question se retrouve dans les procès-verbaux de l'Académie des Sciences : 29 communications sur la pesanteur de 1666 à 1770, 8 consacrées à l'équilibre, 16 au poids (cf. la *Nouvelle Table des articles contenus dans les volumes de l'Académie des Sciences de Paris, depuis 1666 jusqu'en 1770,* Paris, 1775).
4. On se réfère toujours à Philostrate : « Ne pas aimer la peinture, c'est mépriser la réalité même (...) c'est aussi n'avoir point d'estime pour la science des proportions, par laquelle l'art se rattache à l'usage même de la raison » *(La Galerie de Tableaux,* trad. A. Bougot révisée par F. Lissarague, Paris, 1991, p. 9).
5. Cf. par exemple la conférence de F. Desportes sur l'étude des sciences relativement aux arts de peinture et de sculpture...

Les élèves étudieront donc l'anatomie ou la perspective. Réciproquement il est entendu que l'art collabore au progrès des sciences. Le champ du visible, même lorsqu'il s'agit d'une vision scientifique, est du ressort des académiciens. L'érudit La Nauze évoque avec respect ce Pamphile qui « avait été entre les peintres le premier versé dans tous les genres de Science et de Littérature ; il prétendait que sans le secours de l'arithmétique et de la géométrie, il n'était pas possible de conduire la Peinture à un état de perfection[1] ». L'enseignement académique continue de privilégier la géométrie, base de l'enseignement de la perspective. Toutefois, chez certains auteurs, les références à la physique et plus précisément à la pesanteur deviennent prépondérantes. C'est le cas chez J. Gautier d'Agoty, dans ses *Observations sur la peinture et sur les tableaux anciens et modernes*[2], chez le Père Castel[3], mais surtout chez Watelet, parce qu'il est le plus modéré : « La chaîne qui unit les connaissances humaines joint ici la physique à la peinture, en sorte que le physicien qui examine la cause du mouvement des corps et le peintre qui veut en représenter les justes effets, peuvent pour quelques moments au moins, suivre la même route et, pour ainsi dire, voyager

évoquée in A. de Montaiglon, *Procès-verbaux de l'Académie royale de peinture et de sculpture,* Paris , 1875-92, t. VI, p. 376-377). Cf. également L. Courajod, *L'École royale des élèves protégés,* Paris, 1874 ; ainsi que le catalogue de l'exposition *Dessins et sciences, XVII^e^-XVIII^e^ siècles,* Paris, musée du Louvre, Cabinet des dessins, juin-sept. 1984.

1. M. de La Nauze, *Mémoire sur la manière dont Pline a traité de la peinture,* in *Mémoires de l'Académie royale des Inscriptions et Belles-lettres,* Paris, 1759, t. XXV, p. 253.

2. Paris, 1753.

3. Il fait de la pesanteur un principe universel : « Ceux qui ne sont que Physiciens ou Géomètres seront surpris, pour ne pas dire plus, de voir que je parle de l'Équilibre des Empires et des Puissances politiques, lorsqu'il n'est question, selon leur idée, que de celui de tourbillons » (*Traité de physique sur la pesanteur universelle des corps,* Paris, 1724, préface).

ensemble[1] ». Watelet, dans son *Art de peindre*[2], définit d'ailleurs une esthétique entièrement basée sur la notion de pondération.

Il y a donc au XVIIIe siècle un débat autour du rôle de la science dans le travail de l'artiste ; s'y ajoute un intérêt pour la pesanteur qui corrobore celui qu'on perçoit dans le discours critique mais aussi dans la décoration rocaille et la peinture de genre. On pourrait sans doute faire l'hypothèse d'un remplacement du paradigme géométrique (et sa traduction plastique, la perspective), par un paradigme physique (les effets de la pesanteur) : cependant cette hypothèse ne pourra être véritablement démontrée que par une étude systématique du problème à l'échelle de l'ensemble de la production picturale du XVIIIe siècle en France. Notre propos n'est pas ici d'intégrer la valorisation des effets de la pesanteur chez Fragonard dans une *épistémè* caractéristique de son temps, où l'évolution de la physique serait parallèle à celle de l'art, ou mieux encore en serait la cause[3]. Ce qui doit être défini est un rapport non d'inclusion mais d'opposition, ou du moins de prise de distance vis-à-vis du savoir scientifique correspondant.

En effet, la mode de la physique rend sensible l'écart entre l'observation quotidienne des phénomènes et l'approche scientifique. La pesanteur constitue un exemple privilégié : elle est à la fois ce que chacun expérimente chaque jour, la caractéristique physique du monde la plus simple et la plus évidente, et le principe premier, la « loi d'équilibre » comme la

1. C.-H. Watelet, *Encyclopédie,* Paris, 1751-72, art. « équilibre ».
2. Paris, 1760.
3. Cf. sur ces débats concernant le rapport à une conception scientifique, les ouvrages de S. Alpers, *L'Art de dépeindre,* trad. fr. Paris, 1990 et M. Baxandall, *Formes de l'intention,* trad. par Catherine Fraixe, Nîmes, 1991. Ce dernier prend ses distances vis-à-vis des corrélations établies dans certains de ses précédents ouvrages *(L'œil du Quattrocento et Les Humanistes à la découverte de la composition en peinture (1340-1450)* (cf. notamment les limites édictées à un possible rapprochement entre Locke et Chardin ( p. 74-104) ).

nomme d'Alembert[1], dont seuls peuvent rendre compte des calculs mathématiques complexes. Cette opposition est soulignée par de nombreux auteurs[2]. Mais c'est bien d'Alembert qui la présente le mieux : « les effets de l'équilibre et de l'impulsion nous sont connus, je parle des effets en général ; car pour la mesure et la loi précise de ces effets, les philosophes ont été longtemps à la chercher, et plus encore à la trouver ». Il en tire une opposition entre l'« observation » qui « se borne aux faits qu'elle a sous les yeux, à bien voir et à détailler les phénomènes de toute espèce que le spectacle de la nature lui présente » et l'« expérience », « qui cherche à la pénétrer plus profondément, à lui dérober ce qu'elle cache ». D'où la distinction entre la *« physique des faits,* ou plutôt la *physique vulgaire et palpable »* et la *« physique occulte ».*

L'opposition entre une approche profane et une approche scientifique des phénomènes physiques (et au premier chef de la « loi d'équilibre », la pesanteur) définit un rapport entre le regard et la connaissance qui intéresse directement notre étude. Il associe en effet la simple vision d'un corps et l'interrogation sur la manière dont la pesanteur s'exerce sur lui. La « physique des faits » dont parle d'Alembert, ce n'est après tout que le simple constat *a contrario* de l'ignorance des causes réelles des phénomènes ; mais le fait que l'alternative soit l'« expérience » — et non la foi, ou encore la connaissance mathématique — peut permettre de définir une modalité intermédiaire, celle d'une expérimentation plus ou moins

1. « (…) mais quand on fera attention que les lois du mouvement se réduisent à celles de l'équilibre, et que par la nature seule des corps il y a antérieurement à toute expérience et à toute observation un cas d'équilibre dans la nature, on déterminera facilement les lois de l'impulsion qui résultent de cette loi d'équilibre » (J. Le Rond d'Alembert, « Expérimental », *Encyclopédie,* Paris, 1751-72).

2. On pourrait citer F. Algarotti : « Un effet qui frappe continuellement les yeux de tout le monde, et dont la cause est très cachée, c'est que tous les corps qui ne sont arrêtés par aucun obstacle, tombent en bas ; et c'est ce qui leur fait donner le nom de graves et de pesans » *(Dialogues sur l'optique de Newton,* in *Œuvres,* I, Paris, 1772).

ludique, simplement imaginée ou bien réalisée comme cette « physique des enfants » dont parle Rollin : « J'appelle ainsi une étude de la nature qui ne demande presque que des yeux et par cette raison est à la portée de toutes sortes de personnes, et des enfants ; elle consiste à se rendre attentif aux objets que la nature nous présente, et à les considérer avec soin, à en admirer les différentes beautés, mais sans en approfondir les causes secrètes, ce qui est du ressort de la Physique des savants[1] ».

Un écart est ainsi marqué entre ce qu'on voit et ce qui est, entre ce qu'on sait et ce qu'on sait être la vérité de ce qu'on voit, la conscience claire de sa propre ignorance des causes et l'affirmation de la légitimité du regard simplement admiratif. Or les artistes se trouvent confrontés à ce problème des compétences, déjà soulevé par Platon[2]. De Piles, à la fin du siècle précédent, trouvait des excuses au sentiment largement partagé de ne manier que des savoirs superficiels[3]. Il ne peut être question pour les peintres, en vue d'obtenir la pondération correcte d'un motif, de faire véritablement appel à ces lois physiques auxquelles renvoyait pourtant la définition du *Dictionnaire de l'Académie*. L'approche reste empirique. La vulgarisation du discours scientifique sur la pesanteur, loin de permettre comme le désirait Watelet une amélioration de la pratique artistique, rend sensible l'écart entre celle-ci et la

1. C. Rollin, *Traité des études,* Paris, 1726-28, t. II, p. 498.
2. Cf. *La République,* X, 598.
3. « Cet objet si vague, et qui s'étend sur toute la nature, ne doit pas faire perdre courage au Peintre et lui faire tomber le pinceau des mains. Je suis d'accord avec lui, qu'il est impossible d'avoir toutes les connaissances particulières, et de savoir toutes choses à fond ; mais je croirais du moins qu'il serait très à propos d'en avoir une teinture plus ou moins forte, selon la nécessité que nous en avons » (*Abrégé d'anatomie,* Paris, 1733, « Au lecteur »). À la fin du XVIII^e^ siècle, Manon Roland parle du « degré de goût et de connaissances que donnent superficiellement les beaux-arts, à quelque partie qu'en soit réduite la pratique » (*Une éducation bourgeoise au XVIII^e^ siècle,* éd. C. Lalloué, Paris, 1964, p. 24).

théorie scientifique. Pour défendre la légitimité d'une compréhension non-scientifique du monde, une contre-offensive se déclenche dès le début du siècle. En 1702, M. de Lelevel dénonce le danger d'un abus de mathématiques dans la formation des enfants[1]. Quarante ans plus tard, l'abbé du Resnel présente ses *Réflexions générales sur l'utilité des belles-lettres, et sur les Inconvénients du Goût exclusif, qui paraît s'établir en faveur des Mathématiques et de la Physique*[2]. En ce qui concerne les arts, la critique est encore plus générale, même si Dorat sait trouver des termes nuancés pour évoquer L'Art de peindre de Watelet : « Je ne connais pas de poème plus savant ; peut-être même l'est-il un peu trop : charger ainsi la Poésie d'un attirail scientifique, n'est-ce pas ensevelir la jeune Hébé sous l'armure de la belliqueuse Minerve[3] ? » Laugier est plus tranchant : « Telle que la nature, dont elle imite tous les jeux, si son action nous est cachée, les merveilles nous frappent ; et si nous nous ne jugeons pas moins bien de leurs effets, quoique nous en ignorions le principe. Est-il nécessaire d'être physicien, pour discerner les vraies beautés de la nature ? N'en sommes-nous pas suffisamment instruits par le plaisir qu'elles nous causent[4] ? »

1. Les mathématiques risquent de les détourner des « questions capitales » *(Lettre sur les sciences et les arts,* Paris, 1704, p. 51).
2. Le 15 mars 1741, compte rendu dans l'*Histoire des ouvrages de l'Académie Royale des Inscriptions et Belles-Lettres,* repris dans le *Choix des mémoires de l'Académie Royale des Inscriptions et Belles-Lettres,* t. II, Londres, 1777, p. i-xxvii.
3. C.-J. Dorat, « La déclamation théâtrale », in *Œuvres complètes,* 1764-80, t. III, p. 32. Cf. aussi l'attaque de La Font de Saint-Yenne : « Après nous avoir ébauché l'analyse de la lumière suivant le système de Newton, il ordonne aux Peintres d'ignorer les secrets qu'il vient de développer : où était le besoin d'effleurer une si belle découverte, également inutile aux élèves et à leurs maîtres si ce n'est point pour se parer de la lecture de ce savant Physicien, ou pour remplir les vides de son poème. »
4. M.-A. Laugier, *Manière de bien juger des ouvrages de peinture,* Paris, 1771, p. 126. On ne s'étonnera pas de retrouver Rousseau…

C'est de cet aveu d'ignorance des causes profondes, associé au désir de légitimer l'activité du regard, que nous désirons rapprocher l'antinomie de la pesanteur apparue dans les *Hasards heureux*. Car dans ce tableau non seulement le regard et la pesanteur sont étroitement associés d'un point de vue narratif, mais le rapport entre le spectacle offert et la cause de celui-ci est au centre de l'œuvre. On peut alors percevoir une homologie entre deux oppositions, l'une sur le plan du récit, l'autre sur le plan de la technique. Dans le récit, il s'agit d'une opposition entre l'évidence de ce qu'on sait (l'amour comme objet de connaissance universellement partagé) et l'ambiguïté de ce qu'on voit. En ce qui concerne la réalisation pratique, l'opposition associe la pesanteur telle qu'elle est ostensiblement réalisée par le peintre et la véritable pesanteur, régie par des lois scientifiques inutilisables. Mais du fait de l'antinomie, ces deux oppositions ne sont pas strictement parallèles. De l'interrogation sur la cause de l'action (pesanteur ou initiative de la jeune femme) on peut passer à une interrogation sur le phénomène — phénomène qui est non plus seulement l'anecdote mais l'antinomie elle-même. Naît alors une réflexion non seulement sur la cause de l'événement représenté, mais sur la possibilité même de connaître cette cause.

*La pesanteur comme cause : les* Hasards heureux *et la question de l'innocence.*

« Cependant les connaissances ne deviennent et ne peuvent devenir communes, que jusqu'à un certain point. On ignore,

parmi les plus farouches opposants à la conception scientiste de l'art. Dans l'*Essai sur l'origine des langues*, il met en scène un peintre qui refuse le dessin, au nom du prisme newtonien : « Le calcul des réfractions du prisme vous donne les seuls rapports exacts qui soient dans la nature, la règle de tous les rapports. (...) Que dirions-nous d'un peintre assez dépourvu de sentiment et de goût pour raisonner de la sorte et borner stupidement au physique de son art le plaisir que nous fait prendre la peinture ? » *(Essai,* éd. J. Starobinski, Paris, 1990, p. 120).

en vérité, quelle est cette limite[1] ». C'est Diderot lui-même, l'encyclopédiste, qui place ces limites à la diffusion des savoirs. Elle semble accompagnée dès son origine par une tendance au scepticisme, et notamment chez ses partisans. Car si le doute philosophique a d'abord pour cible les dogmes, il s'étend aussi à l'ensemble des savoirs. Les « philosophes du bon sens[2] » prônent un usage modéré des nouvelles connaissances scientifiques et techniques, jusqu'à l'acceptation d'une certaine ignorance. La pesanteur constitue l'un de leurs exemples favoris ; elle offre, on l'a vu, un contraste net entre une possible appréhension immédiate et l'interprétation scientifique la plus complexe. La première est préférée à la seconde, du fait d'une hostilité à la science perceptible chez Louis de Beausobre, l'auteur du *Pyrrhonisme du Sage* : « Si je demande aux Physiciens, ce que c'est que la pesanteur, ils me répondent, que c'est une force que les corps ont de tendre vers le centre de la terre. Ils embrouillent la question plutôt que de la résoudre : appeler la pesanteur une *force centripète,* c'est donner un mot plus obscur, pour un autre plus clair[3] ». L'utilité du savoir sera en effet le critère fondamental de sa valeur. Chez le marquis d'Argens, la principale figure de ce courant[4], le sens étymologique du mot « sceptique » (« l'observateur ») semble contenir le fondement essentiel de l'œuvre : seul le monde visible intéresse l'auteur, parce que c'est seulement sur lui que l'homme peut agir — et agir utilement. C'est pourquoi on doit accepter son ignorance, la nature n'étant connue que par ses effets : « Nous ne commençons d'apercevoir les

1. D. Diderot, art. « Encyclopédie » in *Encyclopédie,* Paris, 1751-72.
2. Cf. A. Adam, *Le Mouvement philosophique dans la première moitié du XVIIIe siècle,* Paris, 1967.
3. L. de Beausobre, *Le Pyrrhonisme du Sage,* Berlin, 1754, p. 141.
4. Cf. à propos de cet auteur la passionnante thèse de J. Molino, *Le bon sens du marquis d'Argens. Un philosophe en 1740*, malheureusement non publiée (consultable à la bibliothèque de la Sorbonne). Cf. en outre *Le marquis d'Argens,* colloque sous la direction de J.-L. Vissière (1988), Aix-en-Provence, 1990, p. 76-91.

choses, que lorsqu'elles sont presque achevées. La Nature ressemble à un joueur de gobelets : elle ne nous montre que les derniers effets de ses opérations. C'en est toujours assez pour notre utilité, et pour les connaissances qui nous sont nécessaires. Que nous importe-t-il de savoir comment les premiers principes agissent, pourvu que nous sachions le secret de les faire agir (...)[1] ? » L'enjeu de cette défiance va au-delà d'une valorisation bourgeoise des intérêts immédiats : il s'agit surtout de lutter contre les faiseurs de « premiers principes », les dogmatiques de tout poil.

L'ennemi, c'est l'« esprit de système ». C'est pourquoi d'Argens critique l'étendue cartésienne[2] puis la pesanteur — soit les deux qualités premières qui l'une après l'autre dominent la physique du XVIIIe siècle : « (...) si je tiens sur ma main une sphère pesante, par abstraction je puis concevoir que la pesanteur est toute dans son centre, et ne faire attention qu'à l'idée de ce centre ; il serait pourtant absurde que je conclusse de là que la nature et l'essence du corps consiste dans la gravité[3] ». Ce texte est d'une importance capitale pour notre propos. Il témoigne *a contrario* des opérations que le statut de qualité première conférée à la pesanteur par la physique newtonienne invite à effectuer : la valorisation de cette qualité au détriment des autres. On voudrait rapprocher cette critique de la pesanteur de la démarche de Fragonard dans les *Hasards heureux* : mettre en valeur la pesanteur, en faire le principe (à la fois narratif et formel) de l'œuvre, et puis en annihiler les effets, les rendre ambigus et ainsi mettre en cause la suprématie de la pesanteur.

1. J.-B. d'Argens, *La Philosophie du bon sens,* Paris, 1755 (1ère éd. 1737), I, p. 233. Le paragraphe XX de sa *Philosophie du bon sens* (Paris, 1737) est intitulé : « Que la plus grande partie des grands hommes ont avoué qu'ils ne savaient que peu de choses ».
2. « Car de cette attention qu'on fait à un seul et unique attribut par l'abstraction qu'on fait de tous les autres, il ne suit point du tout que ces autres ne puissent subsister sans lui, et qu'il ne puisse subsister sans les autres » (*Op. cit.,* II, p. 7).
3. *Op. cit.*, II, 7.

Pour donner sa véritable portée au débat sur la pesanteur comme cause, il faut revenir aux textes auxquels il est fait implicitement référence, ceux des philosophes anglais, Locke, Berkeley et Hume. Chacun d'eux, à sa manière, donne une importance capitale à la pesanteur. L'immatérialisme de Berkeley et l'empirisme de Locke et de Hume[1] se rejoignent en effet dans le privilège accordé au perçu : la pesanteur, en tant que source d'effets toujours identiques, constitue l'exemple entre tous d'une certitude indépendante de la connaissance des causes. Berkeley distingue l'existence des effets de pesanteur de celle d'un *« substratum matériel*[2] *»*. Locke ne parle pas nommément de pesanteur mais cependant y renvoie en évoquant une qualité, la « solidité », à laquelle le philosophe donne la primauté parmi les quatre « idées simples[3] » : « De toutes les idées qui nous viennent par Sensation, il n'y en a point que nous recevions plus constamment que celle de la *Solidité*. Soit que nous soyons en mouvement ou en repos, dans quelque situation que nous nous rencontrions, nous sentons toujours quelque chose qui nous soutient et qui nous empêche d'aller plus bas[4] ». En associant la « solidité » à l'expérience cénesthésique, Locke fait de la pesanteur la force contre laquelle se constitue, en toutes circonstances, l'autonomie de l'individu par rapport au monde physique.

1. Cf. R. Metz, « Les Amitiés françaises de Hume et le mouvement des idées », *Revue de littérature comparée,* 1929.
2. G. Berkeley, *Trois dialogues entre Hylas et Philonoüs,* trad. A. Leroy , Paris, 1944, p. 169. On trouve chez Berkeley la même distance prise vis-à-vis des travaux scientifiques — et notamment de la physique — que d'Argens. Hylas, le partisan de l'« essence », y renvoie en vain : « Pensez-vous toutefois me persuader que les physiciens n'ont fait que rêver tout au long de leur physique ? »
3. Les trois autres sont l'étendue, le repos et le mouvement. Mais contrairement à la solidité, ils « nous viennent par divers sens » (J. Locke, *Essai philosophique concernant l'entendement humain*, trad. P. Coste (1700), Paris, 1989, p. 83).
4. Ibid., p. 79.

Hume fait de la pesanteur l'exemple par excellence de sa conception de la certitude. C'est qu'elle s'intègre parfaitement dans une conception du rapport au monde basée sur la notion de « sympathie », c'est-à-dire la capacité de ressentir les sentiments d'autrui. Cette capacité de projection sensible explique peut-être le fait que c'est dans le *Traité de la nature humaine*[1] que se trouve le plus clairement formulé l'intérêt philosophique de la représentation des effets de la pesanteur : « En peinture, il n'y a pas de règle plus raisonnable que celle de l'équilibre des formes[2] : il faut les placer avec la plus grande précision sur leur propre centre de gravité ». Jusqu'ici, hormis le contexte philosophique rien de très différent des habituelles recommandations des théoriciens de l'art. La suite ouvre de nouvelles perspectives : « Une forme mal équilibrée est disgracieuse ; elle provoque en effet l'idée de sa chute et celles de dommage et de douleur ; ce sont des idées pénibles quand, par sympathie, elles acquièrent quelque degré de force et de vivacité[3] ». Ce rapport fait que l'ensemble des motifs constituant l'environnement (par exemple un bâtiment) est perçu de la même manière[4]. La certitude est donc

1. D. Hume, *Traité de la nature humaine*, trad. A. Leroy, Paris, 1983, p. 469.
2. Le texte anglais parle de « figures ».
3. Ibid. Comme le note O. Brunet *(Philosophie et esthétique chez David Hume,* Paris, 1965, p. 568, note 291), la remarque est reprise dans l'*Enquête sur les principes de la morale,* VI, 2 : « La statuaire est ajoutée à la peinture, "raisonnable" est remplacé par "indispensable" , et "disgracieux" par "laid". »
4. Hutcheson donne la préférence, en architecture, aux formes géométriques qui répondent le mieux aux « intentions supposées de stabilité » : la pyramide, l'obélisque (*Recherche sur l'origine de nos idées de la beauté et de la vertu,* trad. A.-D. Balmès, Paris, 1991). On retrouve la même idée chez les sensualistes français ; ainsi chez Le Camus de Mézières, disciple de Condillac : « Pour que l'œil soit satisfait, un équilibre de dimension devient aussi indispensable qu'une juste pondération pour qu'un corps vivant se soutienne. » *(Le Génie de l'architecture, l'analogie de cet art avec nos sensations...*

assurée par une compréhension intuitive et immédiate — celle que nous voyons mise en œuvre dans les *Hasards heureux*. Mais la sympathie selon Hume possède une autre caractéristique qu'il est intéressant de rapprocher de notre œuvre : le fait qu'elle doive être définie en termes d'intensité et que cette intensité dépende directement de l'intérêt porté à l'être concerné — ce qui induit bien autre chose que la simple prise en compte d'une loi psychophysiologique privilégiant l'équilibre des formes. On rejoint ainsi le jeu avec l'attention noté dans le tableau de Fragonard.

Le rapport intensif met en évidence l'activité du regard au détriment des lois qui définissent les comportements particuliers. Et la pesanteur intervient à nouveau ici. Si elle est chez Hume l'exemple par excellence de la cause certaine[1], où la relation entre la cause et l'effet est fixe, c'est en tant qu'elle est seulement descriptive et non explicative : en d'autres termes, qu'elle permet d'expliquer comment on passe d'un état de fait à un autre, sans pour autant donner les véritables raisons de ce processus. Le doute philosophique sera donc illustré à de multiples reprises par l'évocation de la chute : « Une pierre et un morceau de métal élevé en l'air et laissés sans support tombent immédiatement ; mais à considérer la question *a priori*, découvrons-nous rien dans cette situation qui puisse engendrer l'idée d'une chute plutôt que d'une élévation ou de tout autre mouvement, dans la pierre ou le morceau de métal[2] ».

Paris, 1780, cité par B. Saint-Girons, *Esthétiques du XVIIIe siècle. Le modèle français,* Paris, 1990, p. 581).

1. « Pourquoi est-il plus que probable que tous les hommes doivent mourir ? que du plomb ne peut, de lui-même, rester suspendu en l'air (...) sinon parce qu'on a trouvé que ces événements étaient conformes aux lois de nature » *(Enquête sur l'entendement humain,* trad. A. Leroy, Paris, 1947, p. 165).

2. D. Hume, *Enquête sur l'entendement humain,* trad. A. Leroy, Paris, 1947, p. 74.

Ce soupçon latent sitôt qu'on refuse de croire en l'existence d'une « nécessité *physique*[1] » absolue, c'est ce que montrent les *Hasards heureux* ; le suspens qu'impose la représentation picturale, avec cette escarpolette et cette pantoufle s'élevant quand on sait qu'elles vont redescendre, permet de traduire plastiquement le questionnement philosophique. Il oblige surtout à s'interroger sur l'innocence de la jeune fille, non pas sur le registre égrillard duquel nous sommes partis, mais sur un plan anthropologique. Quelle est cette mécanique du désir qui se soumet indifféremment l'homme, la femme, la nature, le spectateur et le peintre ? C'est elle qui fait que l'on prend plaisir à ces œuvres « légères » que sont les peintures de genre[2]. Mais ce plaisir correspond aussi au choix d'une posture précise dans le rapport au discours critique, telle que Dorat la résume dans ses « Réflexions sur le poème érotique » : « À l'égard de ce poème, c'est un badinage que sa frivolité met à l'abri de la critique[3] ». Choisir de mettre en évidence les jeux sur la pesanteur permet à Fragonard d'utiliser ce registre particulier, mélange de comique, d'érotisme

1. Ainsi le condamné à mort a-t-il tort de n'être « pas moins certain de l'événement futur que si celui-ci se trouvait lié aux objets présents à la mémoire et aux sens par une suite de causes cimentées les unes aux autres par ce qu'il nous plaît d'appeler une nécessité physique » (Ibid., p. 139).
2. Le qualificatif est employé de manière récurrente à propos de la peinture de genre de la première moitié du siècle : A. Bret parle des « compositions légères et galantes » de Boucher (« Éloge de M. Boucher », in *Nécrologe des Hommes célèbres de France,* par une Société de gens de lettres, vol. IV, p. 47-70, Paris, 1771). Mariette indique que Chardin « fait choix des sujets les plus simples et les plus naïfs ». Son succès vient de ce que « Le gros public revoit avec plaisir des actions qui se passent journellement sous ses yeux dans son ménage, et leur donne sans hésiter la préférence sur des sujets plus élevés, mais dont la connaissance demande une sorte d'étude » (P.-J. Mariette, *Abecedario,* Paris, t. II, p. 359).
3. *Œuvres complètes,* Paris, 1769, t. II, p. 13.

et d'invraisemblance[1] au sein duquel il peut développer sa critique des savoirs sur l'art.

L'interrogation n'est pas seulement épistémologique. Dans les *Hasards heureux* la question de la naïveté est liée étroitement à celle de la culpabilité. Le problème posé est celui de l'innocence, si on l'entend à la fois comme non-culpabilité et comme appréhension défectueuse de la réalité du monde. La dimension commune à ces deux valeurs est la distance prise vis-à-vis d'une pensée de la cause. Mais elle est en même temps une réflexion sur notre ignorance de l'origine des phénomènes les plus communs. On serait tenté sur ce point de rapprocher les *Hasards heureux* de la mise en évidence, au cours des XVII^e^ et XVIII^e^ siècles, de la notion de réflexe, puisque, après tout, la scène n'est rien d'autre que la représentation d'un geste réflexe (l'équilibre retrouvé grâce à un mouvement de la jambe)[2]. Du réflexe on passe aisément, sur le plan psychologique, à la limitation des pouvoirs de la conscience[3]. Elle a pour conséquence une disso-

1. Bergson marque bien le lien entre l'efficacité expressive des jeux sur la pesanteur et leur simplicité cognitive : « La distinction du lourd et du léger pourra paraître aussi arriérée, aussi naïve que celle du chaud et du froid. Mais la naïveté même de cette distinction en fait une réalité psychologique » (*Essai sur les données immédiates de la conscience*, Paris, 1967 (1888), p. 36).
2. Cf. G. Canguilhem, *La formation du concept de réflexe aux XVII^e^ et XVIII^e^ siècles,* Paris, 1955. Pour une évocation contemporaine, citons ce passage de « Sur l'instinct » de Fontenelle : « On entend par le mot d'instinct quelque chose de surajouté à ma raison et qui produit un effet avantageux pour la conservation de mon être ; quelque chose que je fais sans savoir pourquoi, et qui m'est cependant très utile, et c'est en quoi est le merveilleux de l'instinct. C'est ainsi que, sur le point de tomber, j'étends le bras, sans savoir que ce bras étant plus éloigné du point fixe, centre de gravité, aura plus de poids, et me remettra en équilibre » *(Œuvres*, t. III, Paris, 1818, p. 424).
3. Ainsi chez Mme de Lambert qui privilégie le « premier mouvement » des âmes car il constitue « une espèce d'instinct qui nous entraîne plus sûrement que tous les raisonnements » (« Réflexions sur le goût », in *Œuvres,* Paris, 1748, t. I, p. 142-143).

ciation entre le corps et l'esprit que Chardin a illustrée à de multiples reprises[1].

Dans les *Hasards heureux* Fragonard reprend le principe de la dissociation en le reliant étroitement à la question du savoir : savoir de la jeune fille (quant à la présence du jeune homme), savoir du spectateur (quant au degré de connivence entre les jeunes gens). On peut de ce point de vue rapprocher les *Hasards heureux* du thème de la « leçon » (l'aspect juvénile des figures y contribue). Il est fréquent dans la peinture de genre flamande et hollandaise[2] ; en France, Chardin, Jeaurat, Pierre représentent des enfants dans des situations d'apprentissage[3]. Fragonard sacrifie lui-même au genre, mais accorde à la pesanteur un rôle inédit : un lien étroit est instauré entre l'apprentissage des conventions régissant le monde (souvent par imitation du comportement de l'adulte) et la conquête de l'équilibre[4]. Cependant la dimension érotique présente dans

1. On pense notamment à *L'Écureuse* et *Le Garçon cabaretier* (Glasgow, Hunterian Museum and Art Gallery), *La Ratisseuse* (Washington, National Gallery), *La jeune fille au volant* (Paris, coll. privée), etc. Ce type de figures se retrouve chez d'autres artistes : ainsi chez Vien et son célèbre *Ermite endormi* ou très explicitement chez Greuze, avec *La fille qui envoie un baiser par la fenêtre et qui brise des fleurs sans s'en apercevoir.*
2. Cf. J.-B. Bedaux, « Discipline for Innocence. Metaphors for Education in Dutch 17th century Painting », in *The Reality of Symbols*, La Haye, 1990, p. 109-169.
3. Chardin et Pierre représentent chacun une *Maîtresse d'école* (vers 1736 et 1741), Jeaurat un *Enfant et le maître d'école* (Salon de 1736).
4. Dans *Dites donc s'il vous plaît, Jeune enfant debout sur l'appui d'une fenêtre, L'Éducation fait tout, Le petit prédicateur, Le premier pas de l'enfance.* Spinoza a établi, dans un scolie particulièrement énigmatique, un lien entre l'équilibre du corps et cette phase de construction de soi par imitation d'autrui : « Car nous savons par expérience que les enfants, parce que leur corps est continuellement pour ainsi dire en équilibre, rient ou pleurent en voyant simplement les autres rire ou pleurer » (*Éthique,* III, 32, scolie).

les *Hasards heureux* incite à un rapprochement plus étroit avec le thème de l'innocence amoureuse. Il est récurrent au XVIIIe siècle : on en trouve trace dans les livrets des Salons en 1743, 1767, 1777[1]. Greuze en donne diverses versions[2].

En faisant tomber le soulier, en créant un incident qui met en évidence la pesanteur, Fragonard reprend discrètement l'idée de chute comme sanction de l'ignorance de la réalité, dont l'apologue de Thalès est la version canonique. Après tout, ce n'est rien moins que le fondateur de la philosophie occidentale selon Aristote qui fit le premier, selon la légende, l'humiliante expérience de voir le sol se dérober sous ses pieds. Si dans la première version, transmise notamment par Diogène Laërce, le commentateur de la chute est une vieille femme, ignorante mais pleine de bon sens[3], dans la seconde, qu'on trouve chez Platon, il s'agit d'une accorte jeune fille, ce qui ajoute à la scène une dimension érotique évidente[4]. L'écho

1. Cf. J.J. Guiffrey, *Collection des livrets des anciennes expositions depuis 1676 jusqu'en 1800*, Paris, éd. 1869-72.
2. Cf. entre autres *L'Innocence,* Wallace Collection, ou le *Jeune berger tenant une fleur,* Paris, Petit Palais. Un critique préconise le choix de « belles vierges qui ont encore sur leurs joues l'incarnat de la pudeur, et dont un air de modestie forme la physionomie décente, sans mélange de grimaces » (*Coup d'œil sur le Salon de 1775,* Del. X, p. 78).
3. « On raconte encore qu'une vieille le conduisit un jour dehors pour étudier les astres, il tomba alors dans un trou qu'on avait creusé ; ce que voyant la vieille, au lieu de le plaindre, le railla : Eh oui ! Thalès ! Tu n'arrives pas à voir ce qui est à tes pieds et tu crois pouvoir connaître ce qui se passe au ciel. » *(Diogène Laërce, Vies et opinions des hommes illustres,* 34, in J.-P. Dumont et al., *Les Présocratiques,* Paris, 1988, p. 7).
4. « Thalès étant, mon cher Théodore, tombé dans un puits, tandis que, occupé d'astronomie, il regardait en l'air, une petite servante thrace, toute mignonne et pleine de bonne humeur, se mit, dit-on, à le railler de mettre tant d'ardeur à savoir ce qui est au ciel, alors qu'il ne s'apercevait pas de ce qu'il y avait devant lui et à ses pieds » *(Théétète,* 174 a). L'histoire est reprise entre autre par Esope...

direct chez Fragonard est *Perrette*[1], qui elle aussi est sanctionnée pour avoir un temps négligé la réalité. Dans ce tableau comme dans les *Hasards heureux* un jeu complexe est défini avec les diverses parties prenantes, la figure principale, les spectateurs dans le tableau et le spectateur en dehors : car si l'œuvre peut être interprétée comme un apologue, les jupons volant très haut confèrent à la scène une dimension érotique qui ne se trouve pas chez La Fontaine. Simultanément les puissantes touches apparentes empêchent tout effet de fascination par la figure : elle est entraînée dans un mouvement général à la surface du tableau.

Il faut alors revenir sur l'aspect ostentatoirement arbitraire de la représentation noté dans les *Hasards heureux* : au lieu d'en faire une simple opposition aux codes habituels d'interprétation selon une logique burlesque bien connue en littérature, on peut y voir l'aboutissement d'une réflexion sur la cause dans le tableau. La mise en évidence de la technique y participe, l'usage des accidents lumineux, la disposition des motifs (la pomme dans le *Verrou*[2], le pied droit dans les *Hasards heureux*) aussi. Est ainsi implicitement désignée une instance qui serait l'équivalent en peinture du narrateur dans le texte, un individu à l'origine de tout ce qui est donné à voir et dont la subjectivité est manifeste. Mais, contrairement à ce qui se passe en littérature, une telle identification ne peut être que de l'ordre du soupçon : aucun des traits évoqués ne constitue statutairement un « embrayeur » renvoyant en toute certitude à un locuteur. En outre, le rôle joué par la

Stobée, Le Roy, Corneille Agrippa, Tahureau avant d'être évoquée par Montaigne *(Essais,* II, 12), La Fontaine et le père Ménestrier, qui y voit un « apologue dont on peut aisément faire un emblème » (Père Ménestrier, *L'Art des emblèmes,* Paris, 1662, p. 29).

1. Paris, Musée Cognacq-Jay.

2. Le fruit, à la valeur symbolique évidente, est présenté de manière ostentatoire : il constitue en effet le point de jonction des lignes principales du tableau, les plis de la draperie et la longue diagonale qui mène au verrou.

pesanteur dans la scène renvoie à un ordre du monde qui l'emporte sur toutes les initiatives individuelles ; il se manifeste de la même manière quel que soit le point de vue choisi. Le spectateur voit ainsi s'associer étroitement subjectivité personnelle et objectivité de la loi physique, si étroitement que le rôle respectif de chacune devient indiscernable.

Avec le suspens de la relation causale imposé corrélativement à une « attraction[1] » maximale, le spectateur se retrouve désormais conscient de sa responsabilité dans la constitution du sens de l'œuvre. Loin d'être l'occasion d'une connivence mondaine, le tableau permet de faire l'expérience d'un dépassement des savoirs, de l'acceptation d'une certaine ignorance. Les individus, l'Amour, la Fortune, le peintre, le spectateur, les divers agents potentiels de l'action représentée ne sont plus véritablement discernables tant la représentation se confond avec les images qu'elle suscite. En cela, l'œuvre fournit l'occasion de recommencer à voir, de sortir des deux impasses évoquées plus haut, la connivence mondaine et la connaissance du tableau comme artefact. Elle invite à privilégier, parmi toutes les caractéristiques de l'œuvre d'art, sa disponibilité[2], c'est-à-dire le conflit toujours recommencé entre les diverses formes d'appropriation dont elle est l'objet et la résistance qui manifeste sa singularité absolue.

1. Nous reprenons le terme utilisé par T. Puttfarken pour décrire l'appel lancé selon de Piles par le tableau vers le spectateur, qui est l'une des premières formulations de la logique intensive décrite ici (cf. T. Puttfarken, *Roger de Piles' Theory of Art,* New Haven et Londres, 1985), mais qui n'en définit qu'un aspect (l'autre étant le suspens).

2. Disponibilité pour laquelle, selon C. Rosset la chute peut constituer une figure paradigmatique, dès lors qu'on ne la considère pas comme exemplification de la loi de la pesanteur : « Elle est alors inertie absolue, disponibilité non encore affectée par un réseau de relations ; c'est-à-dire : hasard » *(L'Anti-nature,* Paris, 1973, p. 12).

# TROISIÈME PARTIE

## La pesanteur et l'appropriation de l'œuvre

Si *Les Hasards heureux de l'escarpolette* refusent la connivence qu'ils semblent provoquer, s'ils obligent à s'interroger sur une cause qui demeure impossible à identifier, alors le spectateur est amené à faire retour à l'œuvre telle qu'elle s'offre au regard. Il ne perd cependant pas au change : en prenant conscience de son ignorance, il devient sensible à la possible évolution du rapport au tableau. Cette évolution correspond à la mise en évidence du rôle que joue dans l'interprétation le degré d'acceptation de l'œuvre en tant que pur visible. C'est seulement ainsi que le tableau peut être investi d'un sens propre à chaque spectateur, sens privé que l'œuvre appelle sitôt qu'on ne se situe plus dans la logique d'un discours interprétatif commun. C'est cette démarche que nous proposons de dénommer « appropriation », le terme permettant d'associer deux opérations concomitantes : d'une part la recherche du « propre » de l'œuvre, de ses valeurs plastiques qui s'affirment spontanément, empêchant le choix d'une posture de maîtrise au travers d'un jugement, d'autre part l'acte de possession par lequel la scène représentée est intégrée dans un imaginaire personnel. Ces deux opérations peuvent sembler opposées, puisque l'une affirme la spécificité de l'œuvre picturale par rapport à toute autre représentation alors que l'autre la nie. Mais l'opposition permet au spectateur de comprendre le véritable enjeu de la contemplation de l'œuvre picturale : la fragilité des limites entre l'œuvre et les images qu'elle suscite.

*Continuité et discontinuité : la pesanteur et le dynamisme spontané des formes.*

Le dynamisme spontané des formes existe dans n'importe quelle représentation figurative[1]. Il correspond à l'application à l'échelle du tableau des lois d'anisotropie et d'équilibre proprioocentrique. Elles régissent l'aperception de l'œuvre et sont alors inconscientes. Conséquence du dépassement de la relation de connivence et de la mise en cause des savoirs, elles constituent dans les *Hasards heureux* le véritable objet de l'intérêt du spectateur une fois qu'est apparue la subordination des figures à un ordre régissant l'ensemble du tableau. Car non seulement les limites de la démarche d'identification désormais apparaissent, mais les lois permettant la conformité de la représentation à la réalité s'avèrent dépourvues de pertinence. On retiendra de cette étape de l'interprétation l'idée de l'assujettissement des motifs à des lois — des lois formelles, mais qui n'en valent pas moins en tant que principes régissant le monde fictif qu'elles contribuent à définir.

C'est pourquoi il est erroné, dans l'étude des *Hasards heureux,* de séparer l'analyse du monde fictif de ce qu'on appelle traditionnellement la composition : ce qui compte ici, c'est son degré de mise en évidence. Si elle peut organiser discrètement la disposition des motifs dans l'espace tridimensionnel, elle peut aussi, et ce dès le début de la Renaissance, correspondre à une lecture bidimensionnelle de l'œuvre qui concurrence la vision dans l'espace[2]. Elle est au XVIII^e^ siècle un objet d'étude reconnu dans le discours sur l'art, où elle est souvent décrite par des métaphores pondérales, comme chez Diderot :

1. Cf. notamment A. Ehrenzweig, *L'Ordre caché de l'art. Essai sur la psychologie de l'imagination artistique*, trad. fr. Paris, 1974.
2. Cf. J. White, *Naissance et renaissance de l'espace pictural,* trad. fr. Paris, 1992. À propos des bas-reliefs de l'autel de Saint-Antoine de Padoue réalisés par Donatello vers 1447-49, il présente divers éléments qui « mettent en évidence le caractère intentionnel de ce jeu ambigu entre les lignes qui jouent en profondeur ou sur la surface » (p. 167).

« Qu'est-ce qu'on entend par la balance de la composition ? J'en ai peut-être une idée fausse ; c'est de regarder la largeur du tableau comme un levier, regarder pour nulle la pesanteur des figures placées sur le point d'appui, établir l'équilibre entre les figures placées sur les bras, et augmenter ou diminuer les efforts de part et d'autre, en raison inverse des éloignements[1] ». La meilleure preuve de la légitimité du lien entre l'aperception de l'équilibre à l'échelle de la figure et à l'échelle du tableau est l'emploi du même terme : « pondération » ou « équilibre ». On retrouve la conception, fondamentale pour l'art d'Occident, du tableau comme tout organique dont Alberti a donné la formulation originelle : « Les parties de l'histoire sont les corps, la partie du corps est le membre ; et la partie du membre est la surface plane[2] ». Cette organisation pyramidale sous-entend une structure conforme au corps humain, c'est-à-dire symétrique, schéma qui se retrouve dans toutes les théories de la composition de l'époque moderne — jusqu'à Diderot.

Au-delà de ce cas précis apparaît la nécessité de prendre acte du rapport à l'œuvre tel qu'il est défini par les métaphores pondérales : l'« équilibre », la « balance », le « poids » d'un motif qui attire tout particulièrement l'attention[3]. On peut rappeler que, jusqu'au XVI^e^ siècle, « pondération » a le sens d'examen attentif[4]. Au XVIII^e^ siècle, on condamne le « papillotage », c'est-à-dire la multiplication des points d'attraction de l'attention, qui empêche le spectateur de percevoir l'unité réelle de l'œuvre sous sa variété apparente. Le phénomène est à distinguer du poids ressenti par cénesthésie ;

1. D. Diderot, *Pensées détachées sur la peinture*, in *Œuvres esthétiques,* éd. P. Vernière, Paris, 1968, p. 776.
2. L.-B. Alberti, *De la peinture,* trad. J.-L. Schefer, Paris, 1992, p. 153.
3. R. Arnheim parle de « visual weight » *(The Power of the Center. A Study of Composition in Visual Arts,* Berkeley et Los Angeles, 1988). Il l'oppose à la simple « sensation de poids », qu'il nomme « pull of gravity ».
4. Cf. le *Dictionnaire historique* (éd. Robert), Paris, 1992.

mais ce second poids constitue, on l'a vu, un trait susceptible de requérir l'attention. Il est possible de voir se confondre les deux acceptions — c'est le cas dans les *Hasards heureux.* Il faut immédiatement en ajouter une troisième, dont rendent compte également les métaphores employées dans le discours critique et qui concernent la facture. Celle-ci participe d'une valorisation de la légèreté qui constitue l'une des constantes de la peinture occidentale[1] : comme si la matière devait être transcendée par son utilisation en tant que pigment, comme si elle devait voir disparaître l'une de ses caractéristiques fondamentales : son poids.

L'intérêt exclusif porté à une pesanteur désormais dépourvue de valeur de référence au réel a pour conséquence l'importance accordée, dans les *Hasards heureux,* aux effets de continuité et de discontinuité. Le regard, dès lors qu'il renonce à une démarche d'identification décrit ses trajets, définit ses zones, produit ses focalisations à la surface du tableau. Il y retrouve les mouvements spontanés des formes qui se conjuguent avec les mouvements des motifs — et notamment, puisque ce sont les plus spectaculaires, les effets de pesanteur. Ceux-ci contribuent au jeu sur la continuité selon des modalités variées qu'on présentera dans un ordre décroissant d'évidence, c'est-à-dire de facilité à être repérés.

La première modalité est la continuité réalisée par la création de lignes imaginaires dues aux effets de la pesanteur. Le plus intense est une fois encore le mouvement de l'escarpolette, parce qu'en elle discontinuité et continuité s'associent : même si la progression vers le haut va s'interrompre, le mouvement continue. Cette interprétation l'emporte aisément sur

1. Cf. Caylus (A.C.P., comte de), « De la légèreté de l'outil », in *Mercure de France,* septembre 1756 : « La difficulté, la pesanteur dans la peinture étant reconnues pour la peine et la fatigue, ne sont elles-mêmes qu'une production malgré Minerve, la légèreté d'outil devrait être la facilité ». De même chez Lacombe (J.), *Dictionnaire portatif des beaux-arts,* Paris, 1753, p. 380 : « Liberté, franchise, aisance, facilité, légèreté : mots synonymes pour exprimer l'habileté (...) ».

l'idée de chute pour deux raisons. D'une part, la pantoufle est parallèle au tronc situé à gauche : celui-ci réalise un effet d'amplification, assimilable aux traits qui traduisent le mouvement dans les bandes dessinées du XXe siècle. D'autre part, si l'on renonce à chercher dans le tableau un lien avec le monde réel, les relations à la surface du tableau l'emportent sur celles qui sont ménagées dans l'espace. Fragonard utilise en outre des motifs qui par leur nature même incitent à ressentir la pesanteur : le jet d'eau, lui aussi montant et descendant sans arrêt, immobile et mobile simultanément, constitue un autre « modèle » puissant[1]. La représentation de l'eau courante est reconnue, dans la conception « sympathique » du rapport au tableau, comme une source de plaisir[2]. On l'a replacée plus haut dans sa dimension symbolique (érotique) mais elle subit elle aussi la dévalorisation du sens : le jet d'eau apparaît alors en tant que motif marquant à la fois l'isolement (personne ne le regarde) et le rappel d'une possible continuité.

Le deuxième mode de continuité par la création de lignes imaginaires est constitué par les regards des figures. Ils convergent vers la jeune femme. Le plus spectaculairement mis en scène, celui du jeune homme, file vers ce qu'on ne voit pas, le sexe de la jeune fille. L'objet du regard est ainsi déva-

1. Schopenhauer *(Le Monde comme volonté et comme représentation,* trad. A. Burdeau, Paris, 1966, p. 280) fait de « l'hydraulique artistique », de laquelle relève le jet d'eau, l'exemplification par excellence de l'idée de pesanteur. La forme privilégiée en est la cascade, celle qu'on retrouve chez Fragonard dans les célèbres *Cascatelles de Tivoli.* L'analyse des rapports de la pesanteur et de l'eau mériterait un long développement, notamment à propos de la *Fête à Rambouillet,* où la chute d'eau mène l'œil vers l'étrange disque noir du premier plan, contre lequel la superbe barque menace de s'échouer.
2. Cf. Gersaint à propos des paysages de Bourdon : « La quantité de eaux qui s'y trouvent, et dont la plupart forment des chutes, rendent ces morceaux agréables et amusants » (E. Gersaint, *Catalogue raisonné des tableaux (...) provenant de la succession de feu M. Charles Godefroy,* Paris, 1748, p. 43).

lorisé au bénéfice de l'action même. Le regard n'est pas l'apanage des seuls humains. L'Amour, le dauphin, les putti regardent alors qu'ils sont faits pour être regardés. S'ensuit un jeu complexe d'échanges visuels dans lequel la distinction entre le sujet et l'objet du regard s'efface.

Les sculptures participent à la mise en valeur de la continuité par leur statut même : il y a un bas-relief, il y a des statues, toutes « vivantes ». Elles correspondent à une tendance très importante dans cette œuvre, la confusion des règnes, à laquelle contribuent les effets de la pesanteur : les êtres sont, en tant que corps pesants, assimilés aux objets. Avec les statues « vivantes », ce sont les objets qui se trouvent dotés d'un mouvement intérieur. Le bas-relief derrière le jeune homme joue ici un rôle important. Il représente un cortège de bacchantes et donc ouvre à l'idée d'une continuité de figures inscrites dans un mouvement généralisé : le principe de propagation fait que ce « modèle » peut être aisément repris à l'échelle de l'œuvre. Fragonard rejoint ici les préoccupations contemporaines d'un Falconet sur le rapport étroit à établir entre peinture et bas-relief[1], mais aussi l'importance de la liaison entre les motifs, ce qu'il appelle la « chaîne[2] ». Au dernier plan, le motif non identifiable participe également de cet effet de continuité, effet d'autant plus fort que le premier plan présente au contraire des motifs parfaitement individualisés ; la différence de traitement des feuilles des arbres est particulièrement frappante. Le mouvement au premier plan et la confusion au fond du tableau, aussi différents qu'ils nous paraissent, sont pourtant associés par Condillac dans la production d'un même effet. Parlant de la « statue » qui peu à peu découvre le monde, il indique qu'« une mouche encore lui paraîtra un oiseau dans l'éloignement, si passant rapidement

1. « Art divin de percer la toile, ne franchiras-tu jamais cette barrière insipide ? » (E. Falconet, *Œuvres,* Paris, I, p. 45.)
2. « Les Anciens composaient leurs tableaux sans plans, sans beaucoup de perspective, *sans liaison d'objets, sans harmonie générale, sans chaîne* » (Ibid., VI, p. 43 ; nous soulignons).

devant ses yeux, elle ne laisse apercevoir qu'une image confuse, semblable à celle d'un oiseau éloigné. Ces principes sont connus de tout le monde, et la peinture les confirme[1] ».

À l'effet de continuité contribue également la lumière. Celle-ci peut en effet être comprise en termes de pesanteur[2]. La lumière intervient dans la localisation du motif à l'intérieur de l'espace fictif, directement par le clair-obscur et indirectement par la couleur. Elle permet notamment la détermination des plans[3]. Le contraste entre la couronne végétale et la partie centrale invite immédiatement à repérer une opposition entre un premier et un deuxième plan. Pourtant l'intrication des plans empêche de localiser la figure centrale en termes de profondeur. Le violent « accident » de lumière auquel elle est soumise et sa quasi monochromie l'isolent et empêchent son inclusion dans le cadre plus général du paysage. Or dans le cas d'une telle opposition c'est la liaison qui l'emporte (en l'occurrence la relation par inclusion concentrique) parce que l'ensemble reste immobile et d'autant plus stable que la relation chromatique est très simple : le rapport entre deux complémentaires, un vert dominant et un rose léger. Dans ces conditions, les caractéristiques unifiantes de la lumière peuvent être utilisées d'autant plus aisément que la mise en évidence d'une loi par exemplification ostentatoire, utilisée pour la pesanteur, est valable également pour la

1. E. Bonnot, abbé de Condillac, *Traité des sensations,* Paris, 1984 (1ère éd. 1754), p. 185.
2. Ainsi Hegel considère que « la lumière est le contraire de la matière lourde, encore à la recherche de son unité » (G.-W.-F. Hegel, *Esthétique*, trad. S. Jankelevitch, vol. III, p. 229).
3. Cf. un critique à propos du Jason et Médée de Troy : « La figure du matelot est d'un si bon accord que, bien qu'elle soit en l'air, et entièrement isolée, elle conserve parfaitement par son ton de couleur le plan du tableau auquel elle répond » *(Lettre sur la peinture...,* Amsterdam, 1746, Del. IV, p. 183-84). Pour une présentation du problème cf. M. Baxandall, *Shadows and Enlightment,* New Haven & Londres, 1995.

lumière[1]. Le parallèle entre ces deux lois invite à mettre l'accent sur ce qui les rapproche : puisque ce qu'on voit n'est pas simplement le principe actif mais une situation de crise, et que cette situation, du fait de l'immobilité du support, n'évolue pas, alors la continuité l'emporte sur la discontinuité représentée. Mais la continuité ainsi définie par des principes physiques opposés dans leurs effets s'annihile d'elle-même dans l'éclair suspendu que constitue la figure centrale. On peut se demander si cette valorisation de la lumière pure ne procède pas de la volonté de faire perdre au spectateur ses repères par rapport au monde physique, tout en conservant un lien fort avec celui-ci : la métaphore de l'éblouissement employée par Dubos au début du siècle rendrait peut-être compte des rapports ici institués entre pesanteur et lumière[2].

Le principe de « liaison » ou de « chaîne » évoqué plus haut à propos du bas-relief n'est pas seulement l'héritier du « tout-ensemble » cher à de Piles. Il s'inscrit en outre dans une tendance fondamentale de la culture occidentale dont A. Lovejoy a rendu compte dans son ouvrage classique, *The great Chain of Being*[3] : celle qui considère qu'il n'existe pas de « chaînon manquant » entre les êtres et les choses ou, qu'en termes leibniziens, « la nature ne fait pas de saut ». L'idée triomphe au XVIIIe siècle dans l'ensemble des sciences[4]. Elle nous semble être perceptible dans l'œuvre de Fragonard, ici par la mise en exergue des effets de pesanteur, ailleurs par l'utilisation du style d'esquisse, partout dans la volonté d'utiliser autant que possible la surface de l'œuvre comme espace de la continuité

1. Le terme d'« accident » employé à l'époque pour désigner le type d'éclairage violent utilisé ici indique également le rapprochement opéré.
2. « Il semble même que l'œil ébloui par l'ouvrage d'un grand peintre croit quelquefois apercevoir du mouvement dans ses figures » *(op. cit.*, p. 134). La phrase est reprise par de Jaucourt dans l'article « Tableau » de l'*Encyclopédie*.
3. Cambridge, Mass. et Londres, 1936.
4. A. Lovejoy y consacre un tiers de son ouvrage (p. 183-287).

jouant avec la discontinuité définie par la disposition de motifs dans un espace fictif tridimensionnel[1].

On l'a rappelé, pour Alberti, le tableau doit être compris comme une totalité qui se décompose dans les motifs essentiels que sont les corps, eux-mêmes pouvant être divisés de manière à venir s'inscrire à la surface du tableau. Dans le cas des *Hasards heureux,* les jeux de la pesanteur ont pour conséquence de limiter la pertinence de l'échelle du motif. Il faut d'une part intégrer des processus (comme le mouvement fictif de l'escarpolette ou la chute de la pantoufle) et d'autre part prendre en compte des entités supérieures au motif : ainsi l'accident lumineux, les frondaisons, le parterre, ensembles aux limites imprécises. Or la limite fait sens puisqu'elle définit des motifs entre lesquels on peut tenter d'identifier une action. On comprend mieux cette interrogation sur la limite du motif en l'associant à la réflexion menée par Dubos au début du siècle sur la notion de « signe naturel ». S'attachant à définir les différences entre poésie et peinture, il écrit : « La première est que la Peinture agit sur nous par le sens de la vue. La seconde est que la Peinture n'emploie pas de signes artificiels, ainsi que le fait la Poësie, mais bien des signes naturels[2] ». L'opposition entre les deux types de signes remonte à saint Augustin[3]. On peut penser, à

1. A. Becq a fort bien décrit le procédé en évoquant le rôle joué par la composition : elle instaure des liens entre les éléments « tels que les relations de contiguïté qui sont forcément les leurs dans l'espace où ils se situent se transmuent en relation de continuité » ; transmutation d'autant plus vitale que « la continuité fonctionne, pour ainsi dire, comme figure, au niveau de l'espace discontinu, de la réalité spirituelle » *(Genèse de l'esthétique moderne*, Pise, 1984, II, p. 559). Il n'est peut-être pas nécessaire de revenir ainsi à une opposition entre le corps et l'esprit, puisque la continuité ici présentée propose justement un dépassement d'une conception bipolaire de l'être.
2. J.-B. Dubos, *op. cit.,* p. 133.
3. « Les signes naturels sont ceux qui, sans intention ni désir de signifier, font connaître d'eux-mêmes quelque chose d'autre en ...

la lecture de la suite du texte, qu'il parle ici des motifs. Mais il donne plus loin une intéressante précision : « La peinture emploie des signes naturels dont l'énergie ne dépend pas de l'éducation[1] ». Apparaît le transfert d'accent, caractéristique du XVIIIe siècle, de la production du sens à sa réception, caractérisée cette fois par son intensité[2]. De quoi celle-ci dépend-elle alors, si ce n'est de l'« éducation », c'est-à-dire du sens que lui confère un savoir constitué ? On pense évidemment à l'établissement d'une relation proche de la « sympathie » humienne. Quelle qu'en soit la raison, l'évocation de l'intensité met en cause la dimension commune, celle de « signe ». Dubos rectifie en effet un peu plus loin : « Je parle peut-être mal, quand je dis que la Peinture emploie des signes. C'est la nature elle-même que la Peinture met sous nos yeux[3] ». Que signifie cette rectification ? On peut sans doute l'interpréter comme une figure de rhétorique, une forme d'hyperbole, celle-là même que reprendra Diderot à propos de Chardin[4]. Mais on peut y voir aussi la prise en compte du glissement qui s'opère du plan cognitif (il y a des motifs) au plan perceptif (il y a bien des motifs, mais ils sont inclus dans une totalité, la nature).

Les processus repérés dans les *Hasards heureux* sont pour Fragonard l'aboutissement d'un questionnement ancien sur les rapports entre continuité et discontinuité, perceptible dès ses premières œuvres. Elles sont fortement marquées par l'influence de Boucher. Celui-ci a cherché à créer une

plus de ce qu'ils sont eux-mêmes » *(Doctrine chrétienne* ; cf. T. Todorov, *Théories du symbole,* Paris, 1973, p. 33 et sq).

1. J.-B. Dubos, *op. cit.,* p. 133-134.

2. On renvoie ici à la thèse de M. Delon, *L'idée d'énergie au tournant des Lumières 1770-1820,* Paris, 1988.

3. J.-B. Dubos, *op. cit.,* p. 134.

4. « Oh Chardin ! ce n'est pas du blanc, du rouge, du noir que tu broies sur ta palette : c'est la substance même des objets, c'est l'air et la lumière que tu prends à la pointe de ton pinceau et que tu attaches sur la toile » (Salon de 1763, in *Œuvres esthétiques*, éd. P. Vernière, Paris, 1968).

circulation aisée du regard dans l'œuvre, selon des schémas divers, zigzag pour *Vénus demandant à Vulcain des armes pour Enée*[1], percée centrale dans de nombreux tableaux[2]. Le jeune Fragonard pratique, durant son séjour à Rome, des jeux d'opposition entre des formes évidentes de continuité (les nuées des *Lavandières*[3] ou la chute d'eau des *Cascatelles de Tivoli)*[4], accentuées par l'emploi du « style d'esquisse », et des motifs qui bloquent la circulation du regard : ainsi, dans la dernière œuvre citée, les figures des dessinateurs dans l'ombre du pont, dont l'activité même oblige à mettre en rapport mouvement fictif et immobilité réelle. Les œuvres des années 1780[5] reposent sur une confrontation directe entre un motif immobile et le mouvement des figures repris et diffusé par le frissonnement des frondaisons. Elles permettent ainsi, par contraste la mise en évidence spectaculaire de l'« instant désiré[6] ». Les figures en déséquilibre traduisent le caractère soudain de l'action. La temporalité de l'œuvre apparaît alors comme un enjeu primordial, puisque c'est en termes temporels qu'on doit analyser l'intensité du spectacle offert. Toutefois la temporalité dont il est question ici ne peut être réduite à celle de l'action représentée : elle concerne avant tout le temps que le spectateur passe devant l'œuvre.

1. Paris, musée du Louvre.
2. Cf. T. Crow, « La critique des Lumières dans l'art du XVIIIe siècle », *Revue de l'art,* 1986, n° 73, p. 1-6.
3. Saint Louis, City Art Museum.
4. Paris, musée du Louvre.
5. Les *Vœu à l'amour* (New York, coll. privée ; Paris, musée du Louvre), les *Fontaine d'amour* (Londres, Wallace Collection ; États-Unis, coll. privée), les *Sacrifice de la rose* (Californie, coll. privée ; Paris, coll. privée ; Buenos Aires. Museo Nacional de Arte Decorativo ; États-Unis, coll. privées), les *Serment d'amour* (dont Grasse, musée Fragonard).
6. Cf. *L'Instant désiré* ou *Les Amants heureux* (Paris, coll. privée).

*Pesanteur et temporalité.*

La question de la temporalité dans les arts plastiques demeure encore aujourd'hui peu traitée[1]. C'est que sur ce point l'approche identifiante apparaît singulièrement dépourvue de pertinence. Il faut accepter de voir interférer deux aspects du même problème, l'un relevant du récit représenté dans l'œuvre, l'autre relevant à première vue du comportement libre du spectateur. La solution la plus couramment adoptée consiste à opposer, comme le fait B. Lamblin, le temps de l'action représentée et ce que l'auteur nomme le « temps d'itinéraire ». Il s'agit de la reprise de l'opposition, devenue classique dans les études littéraires, entre « temps de l'his-

1. On renvoie cependant au catalogue de l'exposition *Zeit. Die Vierte Dimension in der Kunst* (dir. M. Baudson), Mannheim, Kunsthalle, juillet-sept. 1985 ; M. Belford M. et J. Herman, *Time and space concepts in art,* New York, 1980 ; A. J. Camon, *El Tiempo en el arte,* Madrid, 1953 ; L. Dittmann, « Überlegungen und Beobachtungen zur Zeitgestalt des Gemäldes », *Neue Hefte für Philosophie,* 18/19, 1980, p. 133-50 ; L. Dittmann, « Raum und Zeit als Darstellungsformen bildender Kunst. Ein Beitrag zur Erörterung des kunsthistorischen Raum - und Zeitbegriffs », in *Festschrift für Kuhn, Erich, Stadt und Landschaft, Raum und Zeit*, Cologne, 1969, p. 43-55 ; L. Dittmann, « Über das Verhältnis von Zeitstruktur und Farbgestaltung in Werken der Malerei », in *Festschrift W. Braunfels,* Tübingen, 1977, p. 93-109 ; D. Frey, « Das Zeitproblem in der Bildkunst », in *Bausteine zu einer Philosophie der Kunst,* Darmstadt, 1955, p. 212-235, E. Gombrich, « Moment and Movement in Art », in *The Image and the Eye,* Oxford, 1982, p. 40-62 ; M. Holländer et C.W. Thomsen, *Augenblick und Zeitpunkt : Studien zur Zeitstruktur und Zeitmetaphorik,* Darmstadt, 1984 ; B. Lamblin, *Peinture et temps,* Paris, 1983 ; J. McClain., « Time in the Visual Arts. Lessing and Modern Criticism », *Journal of Aesthetics and Art Criticism,* XIV, n° 1, 1985, p. 41-58 ; H. Paflik (dir.), *Das Phänomen Zeit in Kunst und Wissenschaft,* Weinheim, 1987 ; M. Sauvage, «. Note sur la superposition des temps dans l'œuvre d'art», *Revue d'esthétique,* t. VI, 1953, p. 272 ; H.Theissing , *Die Zeit im Bild,* Darmstadt, 1987.

toire » et « temps du récit[1] », qui distingue la durée de la narration et celle régissant le monde fictif. Cette différenciation est rendue possible par l'homologie formelle entre le médium (le texte) et la temporalité linéaire dont le modèle s'est imposé en Occident. Or l'œuvre d'art plastique propose un autre schéma temporel, irréductible à une simple opposition binaire et qu'on pourrait décrire sous la forme d'un... sablier : dans la partie inférieure, le ou les moments représentés, dont il faut appréhender la durée ; au centre, l'instant dans lequel se confondent le moment de l'action fixée par la représentation picturale et celui pendant lequel nous regardons, moment toujours différent et simultanément toujours identique, puisqu'il correspond à l'affirmation de l'unité de l'œuvre ; au-dessus, l'inscription dans la temporalité ouverte de l'existence du spectateur, dans laquelle s'insère le temps passé à contempler l'œuvre. Ainsi s'opèrent les jeux complexes d'acceptation ou de refus de la temporalité « interne » de l'œuvre (celle de l'« histoire ») en rapport avec la temporalité vécue du spectateur (temporalité « externe ») — selon qu'on valorise ou non le moment unique central.

Dans ces conditions, il est impossible de prévoir l'ordre dans lequel s'effectue la découverte de l'œuvre, contrairement à ce qui a lieu face à un texte. Cependant il existe une hiérarchie variable de motifs en fonction de leur taille, de leur localisation, de leur éclairage, de leur notoriété, de leur prestige, du degré de liaison avec les autres motifs, d'un ensemble donc de caractéristiques à la fois formelles et cognitives. Parmi celles-ci, les effets de la pesanteur se distinguent par leur aspect spectaculaire et immédiat. Mais ce n'est pas en termes d'inscription dans une succession temporelle qu'on peut décrire leur rapport particulier au temps. C'est d'abord en termes de durée, longue ou brève ; c'est surtout en termes d'aspect, c'est-à-dire de manière d'envisager la durée. Chaque effet a une modalité temporelle qui lui est propre : la chute correspond à un instant soudain, l'équilibre instable à une menace, le

1. Cf. G. Genette, *Figures III*, Paris, 1972.

balancement à une récurrence, le poids à une permanence, etc. L'analyse temporelle doit donc associer ces différentes modalités entre elles ; mais elle doit aussi les rapporter au « goulot d'étranglement » de notre sablier, qui correspond à la volonté de conserver à la conscience l'immobilité réelle du support.

C'est d'autant plus nécessaire que les polémiques sur la critique, évoquées précédemment, induisent une réflexion sur les diverses étapes de la contemplation du tableau ; elle porte notamment sur l'articulation entre le regard global et l'analyse précise. Si on considère le problème sous l'angle de la temporalité, on s'aperçoit que la représentation des effets de la pesanteur interfère nécessairement, puisque tout examen de ces effets conduit à la prise de conscience de leurs caractéristiques temporelles. La première est l'ouverture sur une temporalité à la fois ouverte (puisqu'on ne sait pas quand et comment la trajectoire se dessinera) et fermée (tôt ou tard l'objet ou la figure seront arrêtés sur le sol). La seconde est le décrochement possible vis-à-vis de la temporalité orientée par le mouvement du motif. Une telle alternative rend impossible l'utilisation, en tant que modèle d'analyse, de la majeure partie des textes théoriques contemporains. Dominés par le modèle théâtral, ils privilégient systématiquement le temps de l'action représentée par rapport au temps de contemplation. Le fondement du système temporel en peinture consiste à dire qu'il se réduit à un seul instant[1]. Cet instant sera d'autant mieux choisi qu'il permettra au spectateur de deviner ce qui vient d'arriver et d'augurer de ce qui est à venir.

1. Les versions en sont innombrables. Rappelons Dubos : « Le tableau ne livre (...) qu'un assaut à notre âme, au lieu qu'un poème l'attaque durant longtemps avec des armes toujours nouvelles » *(op. cit.,* t. I, p. 388) ou Diderot : « L'unité de temps est encore plus rigoureuse pour le peintre que pour le poète ; celui-là n'a qu'un instant presque indivisible. » *(Pensées détachées sur la peinture,* éd. P. Vernière, Paris, 1968, p. 774. Cf. P. Rétat « Le moment dans la critique et l'écriture des Salons », in *Diderot, les beaux-arts et la musique,* Paris, 1984.

Les *Hasards heureux* jouent de cette convention d'une part en exhibant un mouvement régulier, celui du pendule, dont les évolutions anciennes et futures sont approximativement définissables ; d'autre part en rendant impossibles à imaginer le mouvement précédent (puisque l'espace à droite ne peut l'accueillir) et le mouvement à venir (puisqu'il dépend de l'attitude de la jeune femme).

On trouve trace dans certains écrits critiques d'une prise de conscience du rôle que joue la « temporalité externe ». Le premier trait caractéristique est ce que nous appellerons la « disponibilité » de l'œuvre plastique. Celle-ci s'offre et demeure au regard[1] : à charge pour le spectateur d'en définir la cohérence. À la différence de l'œuvre littéraire, elle semble s'offrir d'un coup dans son intégralité, même si l'ensemble des motifs et de leurs rapports n'est pas perçu immédiatement. Les questions de la temporalité externe et des rapports entre continuité et discontinuité dans l'œuvre apparaissent étroitement liées. En effet, seul un traitement suffisamment précis des formes peut résister à une investigation attentive ou, en termes de durée, longue. Il est donc nécessaire pour les artistes de penser aux caractéristiques temporelles de la contemplation du spectateur[2]. Dans ces conditions, le recommencement incessant de l'interprétation est plus aisément perceptible que dans le cas parallèle (finalement assez rare) d'une relecture d'œuvre littéraire. Les disjonctions à opérer vis-à-vis de la temporalité interne sont plus aisément utilisables à des fins esthétiques.

1. Ce que J. Richardson décrit en une formule lapidaire : « Painting remains, and is always at hand » *(A Theory of Painting,* Londres, 1715, p. 38).
2. Cf. Falconet : « Exprimer les formes des corps et n'y pas joindre le sentiment, c'est ne remplir son objet qu'à demi. Vouloir le répandre par-tout, sans égard à la précision, c'est ne faire que des esquisses et ne produire que des rêves dont l'impression se dissipe en voyant plus l'ouvrage, même en le regardant trop longtemps. Joindre ces deux parties (mais quelle difficulté) c'est le sublime de la sculpture. » *(Réflexions sur la sculpture,* Paris, 1808, t. III, p. 25).

Ce possible écart, cette liberté ressentie face à la temporalité interne sont une source infinie d'effets. On peut jouer d'une opposition entre les deux temporalités en obligeant le spectateur à raccorder des scènes placées dans des parties différentes du tableau, ce que fait Poussin dans la *Manne* et dans les autres œuvres où il tente d'appliquer sa théorie des « péripéties ». Le même effet peut être obtenu en retardant autant que possible la découverte de certains motifs, ce qui modifie l'interprétation de l'ensemble[1]. L'autre démarche consiste à définir une homologie entre les deux temporalités. Elle est à l'origine de la multiplication, dans la peinture du XVIII$^{e}$ siècle, de figures susceptibles d'être perçues pendant un certain temps sans que leur immobilité réelle puisse troubler leur spectateur[2]. En ce sens, on pourrait dire que les thèses de

1. Ce dont témoigne un texte étonnant à propos d' « un soldat posté derrière le jeune Sacrificateur » qui ne peut être placé plus heureusement, non seulement pour la liaison des groupes, quant à la composition, mais encore pour la satisfaction de l'esprit dans l'examen qui fuit l'avidité du premier coup d'œil.
C'est une découverte pour le spectateur. Il se flatte que les autres n'auront pas saisi les finesses de l'Art ; il la relève, et s'en occupe avec cette complaisance secrète que donne le sentiment d'une perception juste et délicate » (Del. VII, p. 59/19).
2. C'est le cas notamment des nombreuses figures endormies ou absorbées dans leur occupation, dont rend bien compte M. Fried dans *La Place du spectateur,* trad. fr. Paris, 1990. Nous aurions tendance à voir dans ces figures, qui sont pour lui autant de signes de l'indifférence à l'égard du spectateur, une manière de créer au contraire un lien étroit avec celui-ci. Le lien ne s'établit plus par le regard, mais par l'homologie de la posture et donc par des sensations cénesthésiques, constituant un lien encore plus profond. On trouve un témoignage de la conscience claire d'un tel rapport homologique dans une remarque de Garigue de Froment cité par M. Fried : « Comment en effet peut-on ne pas être vivement affecté de la vérité, de la naïveté des Tableaux de M. Chardin ? Ses figures, dit-on, n'ont jamais d'esprit. À la bonne heure ; elles ne sont pas gracieuses ; à la bonne heure encore ; mais en revanche n'y sont-elles pas toutes entières. Prenons pour exemple la répétition qu'il a exposée de son...

Saint-Réal (du moins telles qu'elles sont présentées par ses adeptes), connaissent un succès certain. Mais cette esthétique a surtout pour conséquence la condamnation des représentations d'action[1]. Les effets de la pesanteur comptent parmi les solutions qui permettent de développer cette seconde approche. En effet, ils participent de la temporalité interne, en rappelant ce qui a eu lieu, en donnant un caractère réel au monde représenté et en ouvrant sur le futur ; ils suscitent également chez le spectateur une impression de continuité imaginaire puisque la figure ou l'objet n'en finissent pas d'être suspendus. Des processus psycho-physiologiques primaires sont ainsi rappelés ; ils modifient la temporalité externe. La mise en évidence des effets de la pesanteur peut conduire à la définition d'un effet de fascination, ou du moins d'atténuation de la volonté du spectateur. Car il ne s'agit évidemment pas d'un assujettissement total de la volonté au spectacle offert, mais plutôt de la proposition d'une source nouvelle de plaisir provenant d'une passivité acceptée face au dynamisme spontané des formes. Cette temporalité ouverte constitue une modalité constamment présente dans le rapport à l'œuvre plastique. Encore faut-il pouvoir la mettre en évidence ; c'est le rôle des effets de la pesanteur.

Apparaissent ainsi les limites d'une conception binaire du rapport au tableau selon laquelle le spectateur reçoit des sensations puis les analyse. Les effets de la pesanteur introduisent une dimension de pure contrainte capable d'orienter l'ensemble de la temporalité, car ils sont les effets les plus immédiatement sensibles. Les conséquences sur la temporalité de ce défi à la maîtrise du tableau par la raison ont été

Dessinateur ; on prétend que les figures en sont louches et peu décidées. À travers cette indécision perce pourtant l'attention de l'une et l'autre figures ; on doit, ce me semble, devenir attentif avec elles » *(Sentimens d'un amateur,* 1753, Del. V, p. 168-69/34-35).

1. Cf. Le Blanc : « On n'aurait pas longtemps devant les yeux avec le même plaisir, des Tableaux dont l'action est passagère et momentanée » *(Op. cit.*, p. 150).

perçues dès l'époque moderne. On trouve chez Félibien une remarque qui, bien que portant sur l'architecture, paraît ici pertinente. Évoquant la voûte de la chapelle de Fresnes, il déclare : « Il me semblait que plus je la regardais, plus elle s'élevait en l'air et plus elle paraissait se soutenir d'elle-même[1] ». Dans le premier *Entretien*, consacré à l'architecture, l'auteur cherche à prouver la noblesse de cet art, notamment vis-à-vis de la peinture, en posant l'équivalence des qualités de l'une et de l'autre[2]. Le rapprochement se fait surtout en termes d'affect : « Et si quand les peintures sont excellentes, elles charment nos yeux et émeuvent nos affections : de même dans l'architecture, quand toutes choses y sont faites avec un bel ordre et une belle symétrie, elles élèvent notre esprit et portent notre âme jusque dans les cieux ». Ce mouvement abstrait devient effectif pour les sens lors de la visite de la chapelle, « où je me sentais doucement attiré jusqu'au milieu de la voûte[3] ». On voit apparaître une temporalité originale caractérisée par une continuité sans limite dans laquelle le spectateur à la fois se perd et se retrouve dans une agréable situation d'irresponsabilité. L'ouverture temporelle indéterminée invite à jouer, à l'intérieur de l'imaginaire de la pesanteur ainsi ouvert, sur de possibles accidents. C'est ce procédé que nous avons déjà vu à propos de la faute de dessin entraînant une possible chute, mais qu'on doit rappeler ici. Car la menace imminente de chute est volontiers mise en exergue par les critiques[4].

1. A. Félibien, *Entretiens sur les vies et les ouvrages des plus excellents peintres anciens et modernes,* t. I et II, éd. R. Démoris, Paris, 1987, p. 125.
2. La peinture imite Dieu en représentant les « corps naturels » ; mais « l'architecte n'en fait-il pas de même dans la production de ses ouvrages quand il sait les rendre beaux, solides et commodes, puisque dans la structure de l'univers nous y voyons ces trois nobles qualités dans un si haut lustre ? »
3. Ibid., p. 125.
4. Cf. Diderot à propos d'un tableau de H. Robert : « Brisez la rampe de ce pont et ne vous effrayez pas, si vous le pouvez, pour les voitures

J.-H. Fragonard,
*Les hasards heureux de l'escarpolette.*

F. Chauveau,
*La Laitière et le pot au lait.*

J.-B Oudry,
*La Laitière et le pot au lait.*

J.-H. Fragonard, *Perrette et le pot au lait.*

J.-H. Fragonard, *La Bergère*.

J.-H. Fragonard, *La Bascule*.

J.-H. Fragonard, *Les Cascatelles de Tivoli.*

J.-H. Fragonard, *La Charette embourbée.*

J.-H. Fragonard, *Les Baigneuses.*

J.-H. Fragonard, *La Poursuite* (détail).

J.-H. Fragonard, *Les Débuts du modèle.*

W. Hogarth, *Boys peeping at nature.*

F.-P. Charpentier, *La Culbute.*

J.-H. Fragonard, *Jeune enfant debout sur l'appui d'une fenêtre.*

J.-H. Fragonard,
*La Fontaine d'amour.*

J.-A. Watteau, *Le Faux pas.*

J.-B.S. Chardin, *La Ratisseuse.*

L'attention portée par ceux-ci à la temporalité ouverte grâce aux effets de la pesanteur repose sur la capacité à neutraliser[1] l'immobilité réelle du support. C'est pourquoi la question oblige à revenir au texte de Saint-Réal déjà évoqué, *Césarion*. On se souvient que ce texte portait condamnation du mouvement en peinture, proscrivant ainsi un certain type de temporalité : le moment précis, celui-là même qui est choisi par la plupart des artistes et qui correspond à la valorisation de l'action, fondamentale dans la peinture occidentale depuis la Renaissance. Cette question peut être reprise sous l'angle des rapports entre temporalité externe et interne. Cela signifie, en ce qui concerne Saint-Réal, qu'il faut abandonner les gloses et revenir au texte lui-même, dénaturé par les commentateurs. Le véritable enjeu du texte de Saint-Réal n'est pas tant le mouvement ou l'immobilité *dans* l'œuvre que le mouvement ou l'immobilité *devant* l'œuvre. Le trait le plus remarquable du texte est le fait qu'il soit lui-même organisé de manière à rendre sensible les jeux sur la temporalité évoqués dans le tableau. Césarion fait attendre l'explication finale du sens de l'œuvre à son interlocuteur et, par voie de conséquence, au lecteur. Or ce sens de l'œuvre, c'est justement la patience[2]. Si Diogène est représenté demandant la charité à une statue, c'est parce qu'il

qui passent à cet endroit » *(Salon de 1767,* éd. Lewinter, 1970, p. 264) et Proust, repérant la chute imminente dans la *Raie* de Chardin : « (...) on entend déjà, au moment où l'entassement précaire de ces nacres fragiles fléchira sous le poids du chat, le petit cri de leur fêlure et le tonnerre de leur chute » (« Chardin et Rembrandt », *Contre Sainte-Beuve,* éd. P. Clarac, Paris, 1971, p. 376).

1. En termes phénoménologiques, on pourrait dire « néantiser ».
2. « Il ne faut, pour en trouver la Raison, que le considérer attentivement dans cette Posture. J'en serais bientôt las, interrompis-je, et je m'y arrêterais pas longtemps, sans perdre patience. Admirez donc, reprit Césarion, celle de ce Philosophe, dans un exercice si désagréable, que vous ne sauriez l'y regarder un moment sans ennui ? » *(op. cit),* p. 202. Quand J.-B. Restout traite le thème en 1770...

s'entraîne avant d'aller à la cour, où l'on doit faire preuve d'une patience infinie ! Leçon morale finalement banale, répétée depuis Plutarque. L'important est le choix par Saint-Réal d'une démarche homologique ; il n'hésitera pas à susciter chez le lecteur un sentiment que tout spectateur *a priori* abhorre : l'ennui. Césarion y a recours pour faire comprendre à son interlocuteur le sens de l'œuvre, puisqu'il a l'intérêt de faire ressentir, même si c'est douloureusement, l'importante question de la temporalité.

Conception toute morale que celle de Saint-Réal. Celle de Lessing dans son *Laocoon*[1] se veut esthétique, au sens nouvellement défini par Baumgarten[2]. La correspondance recherchée entre le médium et la représentation a pour enjeu les opérations effectuées par le spectateur : il s'agit de définir un rapport à l'œuvre tel que la question du temps ne se pose pas ; en d'autres termes, que temporalités externe et interne se confondent. D'où le rejet de ce qui peut introduire une variation dans l'attitude envers le tableau : des motifs visibles seulement grâce à une observation minutieuse, une facture ostentatoire qui oblige à la remarquer puis à la neutraliser, ou encore des effets de pesanteur qui déterminent des continuités imaginaires propres à chaque spectateur et donc empêchent l'affirmation de l'œuvre comme figure singulière d'un idéal universel.

Par le travail complexe qu'ils proposent sur la temporalité externe, les *Hasards heureux* nous semblent prendre place

(morceau de réception à l'Académie de peinture, sculpture et architecture de Toulouse), il accentue l'aspect ridicule de la posture du philosophe, en représentant deux hommes qui se moquent de celui-ci.

1. *Laokoon, oder über die Grenzen der Malerei und Pœsie* ne sera traduit en français qu'en 1802. Pour une étude récente du texte, cf. D. Wellbery, *Lessing's Laokoon : Semiotics and Aesthetics in the Age of Reason,* Cambridge et New York, 1984.

2. Cf. *Esthétique,* trad. fr. Paris, 1988.

dans le débat abordé jusqu'ici du point de vue du discours critique[1]. Le jeu sur les temporalités fait partie intégrante de la dimension narrative du tableau : tout repose en effet sur une coïncidence temporelle extraordinaire et spectaculaire, saisie d'autant plus aisément que la scène correspond à un fantasme majeur de la sexualité masculine : elle est donc immédiatement identifiée. Mais le repérage de motifs définissant des modalités temporelles différentes modifie cette appréciation liminaire. La mise en évidence des effets de continuité et de discontinuité rend le spectateur attentif aux effets de durée, ceux-là mêmes qui sont débattus si fortement à l'époque. Le passage du temps narratif — compris comme une succession d'instants discrets — à la durée est permis par la concurrence, à l'échelle de l'œuvre, entre un principe de discrimination des motifs et un principe de liaison. Ces deux principes ont été évoqués d'un point de vue spatial ; il est nécessaire de les considérer d'un point de vue temporel.

Il se produit alors un effet en retour vers les figures et notamment vers le jeune couple. Mais ce retour n'affecte pas leur rapport, définitivement lié à l'idée de révélation ; il concerne plutôt la temporalité externe et plus précisément la relation que le spectateur entretient, en termes de durée, avec la scène représentée. Se crée une expansion temporelle à partir de l'action non plus en tant qu'événement, mais en tant qu'évocation d'une certaine période de la vie : la jeunesse. L'opposition des âges est de fait fortement marquée dans l'œuvre par la présence du vieil homme à droite, mais aussi par l'aspect particulièrement juvénile des jeunes gens. La jeunesse est encore soulignée par la représentation de l'Amour et par les putti. Tous ces traits permettent au spectateur adulte mâle, celui auquel est destiné le tableau, de jouer de la distance le séparant de l'événement. Mais en marquant cet écart le peintre permet en outre le rapprochement de la

1. On aurait pu évoquer également la *Lettre sur la sculpture* de F. Hemsterhuis (1765, rééd. Paris, 1991) et sa conception du beau comme maximum d'idées dans un minimum de temps.

scène représentée avec un souvenir personnel, variante de cette scène initiatique. Une telle conception de l'usage du tableau rapporté à l'expérience de l'âge propre au spectateur se retrouve dans les écrits contemporains. Gersaint, le marchand de Watteau, a bien exprimé le lien ainsi établi : « Les estampes instruisent la jeunesse par l'impression vive qu'elles gravent dans leur (sic) imagination, et elles la récréent en même temps ; les instructions qu'elle en reçoit sont plus fortes et elles ont plus de force, et plus de durée que la parole. Elles servent aussi d'agréable entretien à la vieillesse, qui n'est plus occupée par les passions du premier âge, et lui rappellent les idées de nombre de choses que le temps avait effacées de la mémoire[1] ».

La dilatation ainsi effectuée fait passer, depuis la temporalité interne, à une temporalité externe irréductible à celle de la contemplation et ouvrant sur un univers personnel. Or ce temps, celui de la vie, celui qui s'écoule, reste à l'épreuve de la toujours possible réduction à un intemporel, lorsque l'on considère le tableau en tant qu'objet. Cette confrontation entraîne la réflexion vers une mise en évidence de l'opération spontanée par laquelle le spectateur transforme un mouvement imaginé en une temporalité. Une telle transformation est celle que selon Bergson, tout homme opère pour définir la mesure du temps : « Il est bien vrai que le temps se mesure par l'intermédiaire du mouvement. Mais il faut ajouter que si cette mesure du temps par le mouvement est possible, c'est surtout parce que nous sommes capables d'accomplir des mouvements nous-mêmes et que ces mouvements ont alors un double aspect : comme sensation musculaire, ils font partie du courant de notre vie, ils durent ; comme perception visuelle, ils décrivent une trajectoire ; ils se donnent un espace[2] ». La prise en compte de l'état intérieur du corps est

1. *Catalogue raisonné (...) du cabinet de M. Quentin de Lorangère*, Paris, 1744, p. 38-39.
2. *Essai sur les données immédiates de la conscience*, Paris, 1967 (1888), p. 84.

appelée par les *Hasards heureux* du fait de l'importance qu'y revêtent les effets de la pesanteur, eux-mêmes perçus par sympathie. L'opération par laquelle, selon Bergson, on associe le mouvement visible et le mouvement ressenti a donc bien lieu ; mais le fait qu'elle n'affecte pas complétement le spectateur, puisque la sensation cénesthésique a pour origine la vision, est alors mis en évidence. Au moment même où s'effectue le transfert de référence de l'œil au corps, où le mouvement représenté est « approprié » puisque mis en rapport avec une expérience personnelle, réapparaît la conscience d'un écart entre ce qui est donné à voir et ce qui est effectivement vécu. Le spectateur voit alors disparaître ce que les mouvements représentés pouvaient avoir d'immédiatement contraignant : le sentiment d'abandon est d'autant plus fort que la contrainte était violente. Cependant l'abandon est aussi la liberté vis-à-vis de toute forme d'appréhension spontanée des formes : c'est pourquoi l'œuvre repose avant tout sur la distance qu'elle définit par rapport à elle-même — distance qui instaure une temporalité ouverte.

Ces rapports entre une temporalité qu'on pourrait qualifier d'« automatique » et une temporalité libre se retrouvent dans de nombreuses œuvres de Fragonard ; et chaque fois la pesanteur joue un rôle déterminant. On peut approximativement discerner quatre approches différentes qui correspondent aux diverses périodes de la production de l'artiste. La première est une conception cyclique dans les œuvres de jeunesse. Dans les *Cascatelles de Tivoli*, le flux continu de la chute confère à l'ensemble du tableau une temporalité ouverte à laquelle viennent se surajouter des modalités temporelles différentes, l'activité (celle des lavandières) et l'action (le jeune homme lâchant une pierre). Le spectateur doit en outre aller chercher des figures discrètes (comme celles des artistes dans l'ombre du pont) ou le feu visible dans la salle. Les temporalités externe et interne s'associent pour valoriser la question du temps, qui demeure d'autant plus prégnante qu'elle est discrète. Elle prend une forme plus spectaculaire dans certaines œuvres, par exemple *La Charrette embourbée*[1]. Tout y est flux. La terre, les animaux, le ciel se confondent : ainsi la bâche flottant au-dessus de la charrette n'est qu'un nuage plus sombre. Au milieu du tableau, la grande roue semble matérialiser ce mouvement général accéléré par la facture en « style d'esquisse ». Le poids de la charrette renvoie à celui de la terre si lourde, dans ce paysage boueux menacé par *L'Orage* (c'est l'autre titre du tableau). L'écart entre les deux titres trahit l'imprécision de la temporalité. De fait, il est impossible de savoir si l'orage a eu lieu ou va avoir lieu[2]. L'unification des diverses temporalités est perceptible parce que spectaculaire : elle permet alors la prise de conscience de la liberté du spectateur face à cette temporalité interne exhibée.

Le rôle des effets de la pesanteur dans la valorisation de la temporalité externe se retrouve dans les œuvres ultérieures selon trois modalités correspondant à des thématiques différentes. Dans les tableaux qui reprennent celle des fêtes galantes (la *Fête à Rambouillet*[3] ou la *Fête à Saint-Cloud*[4]), ces effets introduisent l'idée d'un passé inatteignable. Elle est corroborée par les statues mais aussi par les motifs qui rappellent le caractère transitoire du spectacle offert : par exemple, au premier plan de la *Fête à Saint-Cloud*, l'arbre renversé sur le sol. La pesanteur intervient également dans les œuvres, nombreuses, qui font référence au passage du temps par la représentation d'enfants. *Le petit prédicateur*[5], *Dites donc s'il vous plaît*[6], *Jeune enfant debout sur l'appui d'une fenêtre*[7] présentent les figures dont le déséquilibre tra-

1. Paris, musée du Louvre.
2. On peut penser qu'il va avoir lieu, mais le sol « embourbé » évoque le passage antérieur d'un orage. L'orientation de la bâche semble permettre de définir la direction du vent — mais dans un dessin préparatoire, la toile est orientée en sens inverse (Chicago, Art Institute).
3. Lisbonne, Fondation Gulbenkian.
4. Paris, Banque de France.
5. Paris, coll. privée.
6. Londres, Wallace Collection.
7. États-Unis, coll. privée.

duit le jeune âge ; le peintre détermine à la fois un rapport cénesthésique du spectateur à l'œuvre et une anamnèse qui invite celui-ci à faire retour sur sa propre existence. Enfin dans les dernières œuvres, les *Fontaine d'amour, Vœu à l'amour* et *Sacrifice de la rose,* l'apesanteur ostentatoire des figures traduit le caractère intemporel, parce qu'infiniment recommencé, de l'action représentée. Ainsi les *Hasards heureux* se lestent d'une valeur morale bien différente de celle qu'on peut leur attribuer par l'utilisation du seul registre symbolique. Car le jeu sur la temporalité externe pose la question des limites de l'appropriation. Un débat s'instaure entre le tableau et ce qu'on appellera l'image, c'est-à-dire la représentation conçue indépendamment de son support, et donc susceptible d'être intégrée dans une suite d'images mentales.

*Au-delà de l'image : la pesanteur entre contrainte et liberté.*

L'adorable accident représenté dans les *Hasards heureux* reprend sur un mode agréable les puissants effets associés à la chute. Si, selon Montaigne, « il y en a qui n'en peuvent pas seulement porter la pensée[1] », si elle constitue un exemple privilégié démontrant la puissance de l'imagination[2], alors la version atténuée présentée dans le tableau de Fragonard peut permettre la création d'une sensation intérieure, susceptible de se traduire en une image mentale dans laquelle le spectateur se trouve impliqué. De fait la scène appelle le travail de l'imagination puisque le spectateur se trouve invité (et il le fait spontanément) à imaginer ce que le jeune homme voit. Mais cette image, parce qu'elle est déplacée dans le contexte non-pornographique de l'œuvre, s'estompe, et le

1. *Essais,* livre II, ch. XII, éd. P. Villey, Paris, 1965, p. 594.
2. Ainsi chez Pascal : « Le plus grand philosophe du monde, s'il y a au-dessous de lui un précipice, quoique sa raison le convainque de sa sûreté, son imagination prévaudra. Plusieurs n'en sauraient soutenir la pensée sans pâlir et suer » *(Pensées*, fr. 38 de l'éd. Lafuma).

regard se fixe alors sur ce qui reprend, sur le plan de la réalisation de l'œuvre, le double mouvement d'invitation à imaginer et sa limitation par l'autocensure du spectateur : l'antinomie de la pesanteur. C'est alors à l'échelle de l'œuvre toute entière que la notion d'image demeure et ce d'autant plus aisément que l'invraisemblance y règne. La localisation des deux figures principales renforce cet effet puisqu'elle correspond à celle des protagonistes d'une scène de rêve[1] — à ceci près que le jeune homme voit vraiment. Posture du jeune homme et attitude mentale du spectateur s'associent pour définir la mise en rapport de la scène représentée avec une image intime. Une telle assimilation n'a rien d'étonnant dans la logique d'appropriation de l'œuvre que nous avons vu se dégager dans le cadre de l'étude de la temporalité. Mais on doit souligner le fait que Fragonard semble ici avoir recours à une démarche de saturation de l'interprétation qu'on a déjà rencontrée à d'autres étapes de cette étude.

L'assimilation de l'image mentale au tableau a pour corollaire l'utilisation, dans l'œuvre d'art, des caractéristiques propres à l'image mentale telle qu'on la définit à l'époque, chez Watelet par exemple : « L'image, dans mon imagination, n'est qu'une ombre passagère. La toile fixe l'objet sous mes yeux et m'en inculque la difformité. Il y a entre ces deux imitations la différence d'*il peut être* à *il est*[2] ». En mettant l'accent sur la fixation réalisée dans le tableau, Watelet fait de l'image mentale une réalité fugace. On retrouve chez Fragonard, mais inversée, cette opposition : l'œuvre donne à voir un mouvement et à imaginer un motif immobile (le sexe de la femme). Le rappel de la bidimensionnalité du tableau réalisé grâce à

1. Ainsi, chez Fragonard, dans *Le Songe d'amour du guerrier,* Paris, musée du Louvre.
2. C.-H. Watelet et P.-C. Lévêque, *Dictionnaire des beaux-arts,* Paris, 1788-92, art. « Mouvement ». Cf. Caylus : « Notre imagination est une toile dans laquelle nous devons chaque jour imprimer quelque étude ou réflexion » *(Vies d'artistes du* XVIII*e siècle etc.,* Paris, 1910, p. 141).

l'antinomie de la pesanteur a pour effet de rapprocher l'œuvre de l'image mentale telle qu'elle est définie à l'époque, ainsi par Diderot : « Les aveugles n'imaginent point ; car, pour imaginer, il faut colorer un fond et détacher de ce fond des points, en leur supposant une couleur différente à celle du fond[1] ».

La pesanteur apparaît dans ce contexte comme la caractéristique la plus directement niée, puisque, renvoyant à la réalité physique, elle menace l'intégrité de l'image. Mais en même temps elle évoque un corps qui n'existe pas, qui serait à constituer à partir de diverses caractéristiques dispersées dans l'œuvre : la pesanteur ; la lumière, présentée d'une manière doublement spectaculaire par l'« accident » et par la branche-éclair ; la matière même, interrogée au travers de l'opposition entre les continuums du fond et l'extrême précision des motifs isolés du premier plan. Le caractère originel de la scène a pour équivalent la mise en valeur de ces différentes composantes, ostensiblement dissociées, de la représentation. À charge pour le spectateur de les associer, de les recomposer. Fragonard illustre ici l'idée, très répandue au XVIIIe siècle, d'une imagination active qui s'attache à « composer[2] ». Le spectateur peut ainsi dépasser le dangereux rapport de fascination par le visible : celui auquel succombe le jeune homme. L'invitation à l'imagination active est d'autant plus aisément perceptible par le spectateur que le jeune homme, le vieillard, l'Amour, les *putti* voient tous la jeune fille sous un

1. Diderot, *Lettre sur les aveugles,* éd. R. Lewinter, Paris, 1969, p. 176.
2. Cf. l'article « Imagination » de *l'Encyclopédie* rédigé par Voltaire : « L'imagination compose et ne crée point ; ses tableaux les plus originaux ne sont que des copies en détail ». Il est intéressant pour notre propos de noter que Voltaire a recours au problème de la pesanteur pour présenter le processus de l'imagination active dans son application à la technique, juste après avoir défini son rôle dans l'art : « Après avoir vu qu'on soulevait une grosse pierre que la main ne pouvait remuer, *l'imagination active* inventa les leviers, et ensuite les forces mouvantes composées, qui ne sont que des leviers déguisés. Il faut *se peindre* dans l'esprit les machines et leurs effets pour les exécuter » (nous soulignons).

angle différent : ils sont autant d'incitation à reconstruire, en assemblant ces divers points de vue, une image complexe de la figure, insaisissable parce que tourbillonnant d'un point de vue imaginaire à l'autre.

La liberté de regard à laquelle invite l'œuvre permet de percevoir, *a contrario*, le principe d'identité qu'elle constitue en tant que surface peinte. Les effets de pesanteur ostentatoires rendent le spectateur conscient, non plus sur un plan sensible mais sur un plan cognitif, de la matérialité du tableau. Selon le principe maintes fois employé par Fragonard, la mise en évidence du tableau comme image a pour conséquence de favoriser l'appréhension inverse, c'est-à-dire le tableau comme motif. Pour cela, trois traits s'associent : l'organisation concentrique de l'œuvre, héritière du lointain modèle de l'arabesque, lui-même s'intégrant dans une tradition d'interrogation des limites de l'œuvre à des fins comiques ; l'antinomie de la pesanteur, qui ramène la scène à la surface peinte ; mais aussi le regard plongeant sous les jupes. On peut en effet inscrire le tableau de Fragonard dans un ensemble d'œuvres où la figure de la femme est associée au tableau ou, plus généralement, à la peinture. C'est le cas dans une allégorie comme *Boys peeping at Nature* de Hogarth[1] ; c'est, chez Fragonard lui-même, l'ensemble des références à la création picturale, en particulier au travers de la question du modèle. Dans *Les Débuts du modèle*[2], le peintre soulève la jupe de la jeune fille du bout de son appuimain, tandis que la mère découvre obligeamment la poitrine de sa fille. Le sourire spirituel de l'homme, la grâce de son geste, sa silhouette jeune et svelte, mais surtout la facture en « style d'esquisse » permettent d'effacer ce que la scène pourrait avoir de scabreux : c'est la matière picturale elle-même qui semble ainsi mise à nu.

1. Ill. in *R. Paulson, Emblem and Expression. Meaning in English Art of the Eighteenth Century*, Londres, 1975, p. 54.
2. n° 333.

S'ensuit donc la définition de ce qu'on pourrait appeler un invisible proche, puisqu'il est à portée de main, placé sous la toile — celle de la robe, celle du tableau[1]. Le rapprochement entre les deux niveaux, celui de la figure qui renvoie au corps nu désirable, et celui de l'ensemble de l'œuvre, est facilité par l'importance des références au tableau comme motif dans l'œuvre même. Ces références, dans les *Hasards heureux,* sont toujours indirectes. La principale est la présence de cadres à l'intérieur de l'œuvre, celui défini par les limites imprécises de l'« accident » de lumière et celui formé par l'ouverture de la robe. On doit y joindre la présence de figures d'observateurs et la représentation de nombreuses œuvres d'art, statues et bas-reliefs. L'ensemble rend sensible la question du rapport au tableau. Cette question n'est pas réductible à une simple réflexivité, qui la rattacherait en amont à la tradition de la vanité, en aval à une conception moderniste de l'œuvre comme interrogation de ses propres limites. La voie choisie par Fragonard est à la fois plus originale et plus fondamentale : l'artiste rend visible l'originelle fragilité de l'œuvre d'art, celle qui est apparue dans l'étude de la temporalité[2]. D'autre part le passage par le blanc saturé de la figure centrale corrobore la menace qui pèse ici sur la visibilité de l'œuvre : ce n'est pas que celle-ci possède des aspects cachés, mais elle paraît susceptible de disparaître. *La culbute*[3]*,* où le chevalet de l'artiste est renversé par un jeune homme qui fait tomber une jeune fille, illustre ce danger. Ici la réalité l'emporte sur l'image que l'artiste est censé en donner : la sanction de l'immatérialité de la représentation s'exerce sur la matérialité du support. C'est

1. L'association de ces deux surfaces est d'autant plus pertinente pour notre tableau que demeure vivace au XVIII^e^ siècle la traditionnelle assimilation de la toile à l'hymen — ainsi chez Caylus : « La virginité est délicate : un rien peut la blesser » (« De la légèreté de l'outil », *Mercure de France,* septembre 1756, p. 153).
2. Il faudrait associer la conscience de la fragilité de l'œuvre d'art avec la déception consécutive à la découverte des peintures antiques de Pompéi et Herculanum.
3. Paris, Bibliothèque Nationale, coll. Charpentier.

un cas extrême. Le plus souvent, la fragilisation est réalisée, comme dans les *Hasards heureux,* par le choix de lignes obliques induisant un déséquilibre de la composition. On peut en voir un exemple dans le dessin intitulé (cette possible double lecture rejoint directement notre problème) *Femme accrochant un cadre* ou *Femme décrochant un cadre*[1]. La mise en cause de l'équilibre est d'autant plus marquée que le cadre contient la représentation d'une architecture.

Cette mise en exergue de la fragilité du tableau pourrait être rapprochée de la mode des ruines dans la seconde moitié du XVIII^e^ siècle et notamment des tableaux peints par l'ami Hubert Robert[2]. Elle doit être, plus profondément, associée à une interrogation ancienne sur la représentation, sur sa légitimité, sa grandeur, sa noblesse. On retrouverait ainsi la menace latente qui pèse sur la représentation en Occident et qui connaît son origine dans l'évocation, récurrente dans l'*Ancien Testament*, de la chute des idoles[3]. E. Benvéniste a montré que la dénomination des plus anciennes représentations humaines, le « colossos », doit être associée à « quelque

1. f. A. Ananoff, *op. cit.,* n° 153, ill. t. III (addenda), fig. 496. Cette sanguine a d'ailleurs servi de frontispice aux Goncourt pour leur *Art du XVIII^e^ siècle.* Le cadre oblique se retrouve dans *La Rêveuse* (New York, The Metropolitan Museum of Art, coll. R. Lehmann) où l'on retrouve une incitation à l'imagination.
2. Cf. R. Mortier, *La poétique des ruines en France,* Paris, 1974.
3. Pour les références, voir les entrées « idolâtrie » et « idole » dans G. Passelecq et F. Poswick, *Table pastorale de la Bible,* Paris, 1974. Cf. notamment le *Livre de la sagesse de Salomon,* XIII, 15, où l'idolâtre a caché sous la peinture les défauts du morceau de bois qu'il a sculpté, « puis, après lui avoir fait une habitation qui lui convienne, /il l'a placé dans un mur en le consolidant avec du fer / (16) afin qu'il ne tombe pas : il se montre prévoyant pour lui, / parce qu'il sait qu'il est incapable de s'aider lui-même, / car ce n'est qu'une image et il a besoin d'aide » (trad. A. Guillaumont, Paris, 1959). La question de l'idole retrouve son actualité à l'époque de Fragonard avec les travaux de Maupertuis et du président de Brosses *(Du culte des dieux fétiches,* 1760) sur le fétichisme.

chose d'érigé, de dressé[1] ». L'antinomie de la pesanteur associe les figures et le tableau dans une même prise de distance vis-à-vis de l'impératif de solidité et d'équilibre vertical. Toutefois la fragilité de la vision ainsi définie peut être interprétée dans deux sens opposés : ou bien on y voit l'inscription, dans la conception générale du tableau, du caractère transitoire du spectacle offert au jeune homme et au spectateur ; ou bien cette fragilité est au contraire positive en ce qu'elle marque une possibilité de libération face au risque de fascination, risque auquel le jeune homme semble bien agréablement soumis.

Les jeux sur la pesanteur ne traduisent pas seulement l'existence d'un ordre supérieur, qu'il soit imposé par la nature ou par le peintre. Ils participent ici à la définition d'un rapport complexe au monde dans lequel la liberté a sa place. Celle-ci repose sur la valeur accordée, dans la représentation picturale, à ce qui n'est pas réductible au discours et donc à une démarche d'identification — du moins d'identification à l'échelle des motifs. Les glissements que nous avons vu s'opérer dans l'œuvre entraînent une inversion du processus d'interprétation : au lieu de s'intéresser à des motifs, ce sont leurs qualités, poids ou équilibre, mais aussi lumière ou couleur qui semblent mis en exergue. C'est ce qui justifie à nos yeux l'ensemble de notre démarche consistant à étudier un tableau tel que les *Hasards heureux* en s'intéressant à une qualité particulière des corps — en l'occurrence la pesanteur. Alors devient présente l'idée selon laquelle le véritable motif n'est aucun de ceux qu'on peut identifier, ce n'est pas non plus le tableau lui-même en tant qu'objet : c'est un corps dont les différentes caractéristiques sont disséminées dans l'œuvre. La tendance spontanée du spectateur à la synthèse permet de les associer et donc de reconstituer un corps unique, associant

1. Cité par J.-P. Vernant, « Figuration de l'invisible et caractérisation psychologique du double : le colossos », in *Mythe et pensée chez les Grecs,* Paris, 1965, p. 65-78 ; cf. aussi *Figures, idoles, masques* du même auteur, Paris, 1990.

l'homme et la femme, la nature et l'artifice, le mouvement et l'immobilité, l'instant fulgurant et l'atemporalité.

Ce corps virtuel, apparaissant et disparaissant sans cesse au gré de la valorisation soit du regard, soit de la sensation (et notamment de la « sensation de poids »), devient alors une manière pour le spectateur de se confronter à son propre désir de participer à l'œuvre en l'animant, en ressentant le poids des corps, mais aussi en mesurant l'intervalle qui le sépare tout autant de l'œuvre que de la vision érotique évoquée dans les *Hasards heureux.* Le glissement du saisissement au désaisissement de l'œuvre par le spectateur, du spectateur par l'œuvre, c'est ce que Hume définit comme « mouvement fictif[1] » : la liberté, celle que le tableau de peinture permet de prendre vis-à-vis de toute forme de fascination — par l'instinct (le sexe) ou par la culture (le savoir)[2]. L'œuvre devient alors un « essai[3] », une pesée du sens qui ne peut s'effectuer qu'au travers des excès et des manques que la présence continue du tableau invite toujours à dépasser.

1. D. Hume, *Enquête sur l'entendement humain,* trad. A. Leroy, Paris, 1947, p. 123.
2. Le cercle sans cesse reparcouru de la conscience du tableau comme artefact à la relation sympathique avec les figures est magnifiquement décrit par Berkeley, dans les dernières lignes des *Trois Dialogues entre Hylas et Philonoüs,* au travers de la métaphore du jet d'eau, référence directe à la pesanteur : « Vous voyez, Hylas, l'eau de cette fontaine, comment elle est forcée à s'élever en une colonne ronde jusqu'à une certaine hauteur ; et là, elle se brise et retombe dans un bassin d'où elle s'était élevée ; son ascension et sa chute procèdent également de la même loi invariable, du principe de la *gravitation.* C'est exactement ainsi que les mêmes principes qui, à première vue, conduisaient au scepticisme, ramènent au sens commun, si on les suit jusqu'à un certain point » Trad. A. Leroy, Paris, 1994, p. 215).
3. Le mot a pour étymon latin « exagium », pesée.

# CONCLUSION

## La pesanteur et l'œuvre potentielle

La leçon fondamentale tirée de l'étude des effets de la pesanteur dans les *Hasards heureux* est la nécessité pour le spectateur de s'interroger sur sa propre relation à l'œuvre. Celle-ci a déterminé la structure de l'étude, construite autour d'un unique tableau : les effets de la pesanteur ne pouvaient être abordés du seul point de vue iconographique, selon une démarche d'identification. Celle-ci n'apparaît ici que pour être dépassée ; les formes successives de ce dépassement constituent le véritable intérêt de l'œuvre. En effet, la connivence première établie avec le spectateur au travers du jeu sur les normes fondées par l'usage de la pesanteur (première partie) est apparue déboucher sur une interrogation plus profonde des savoirs employés (deuxième partie). Cette critique du voir et du savoir est fondée sur une interrogation du rapport d'appropriation auquel invite la posture critique (troisième partie). Voir, savoir, avoir : telles sont les formes de maîtrise de l'œuvre d'art dont Fragonard se joue ici, les enchaînant dans des glissements constants invitant à une interrogation sur les causes mêmes de cette possible évolution du regard porté sur l'œuvre[1].

1. Le terme de « glissement » tel que nous l'avons employé ici pourrait être rapproché de celui de « passage » utilisé par Liliane Brion-Guerry dans son *Cézanne et l'expression de l'espace* (Paris, 1950), « transition entre le solide et le non-solide, entre le mobile et l'immobile » (p. 170) ; cependant le terme de glissement, utilisé en sémantique, permet de rendre compte de la dimension cognitive du phénomène, qui n'intéresse pas, en ce qui concerne Cézanne, Mme Brion-Guerry.

Le caractère singulier des *Hasards heureux* n'empêche pas de retrouver des effets similaires dans certaines œuvres contemporaines. On peut ainsi affirmer la possibilité de faire de ces usages de la pesanteur un critère de périodisation de la production picturale. La valorisation des effets de la pesanteur sous ses formes diverses : poids, équilibre et chute apparaît essentielle dans la peinture de genre du XVIII^e siècle. On serait tenté d'associer la réflexion récurrente sur la pesanteur au vaste mouvement de sécularisation perceptible au long du siècle[1] : la pesanteur ayant été étroitement liée à l'idée d'un Dieu tout-puissant, sa réduction à une loi physique dans le contexte de la diffusion du newtonisme en a fait un objet privilégié de la réflexion sur le nouvel ordre du monde. L'œuvre de Watteau nous semble également sur ce point fondatrice : c'est chez lui qu'on voit se mettre en place les procédés fondamentaux de jeu avec la pesanteur, notamment la non-pondération délibérée mais aussi ce que nous avons appelé la « concurrence des interprétations » entre le spectateur et certaines figures. La différence entre les deux peintres se situe surtout dans le fait que Watteau utilise discrètement ces effets quand Fragonard les exhibe. Celui-ci semble croire en la possibilité d'établir, au-delà des déterminations physiques et notamment de la pesanteur, une relation entre les êtres, alors que Watteau met en cause la fausse unité que constitue la « fête galante » et, au-delà, le tableau. Cette interrogation sur l'unité se retrouve chez Chardin mais à l'autre extrême, dans la figure isolée. Le peintre rend visible la désunion du corps et de l'esprit grâce à certains effets de la pesanteur comme la chute potentielle[2]. La

1. On sait que la question est toujours débattue. Si M. Gauchet peut affirmer : « Là s'arrête, quelque part autour de 1700, pour prendre un repère rond, l'histoire proprement chrétienne » (M. Gauchet, *Le désenchantement du monde,* Paris, 1985), M. Vovelle est plus circonspect (cf. *Piété baroque et déchristianisation en Provence au XVIII^e siècle,* Paris, 1978, « Introduction générale » ).
2. On se permet de renvoyer le lecteur à nos *Watteau* (Paris, 1994) et *Chardin* (Paris, 1995).

réflexion sur les rapports duels, constants chez Fragonard, se situe entre ces deux types d'usage de la pesanteur, plaçant le peintre à la confluence du principe d'apesanteur lié à l'arabesque et du principe de pesanteur fondamental dans la peinture de genre.

Peut-on élargir l'analyse ? On serait tenté de le faire pour la peinture de genre, puisque aussi bien les problèmes évoqués dans les deux premières parties de ce livre, le rapport aux normes picturales et le rapport au savoir, concernent l'ensemble des tableaux de genre. Il semble toutefois que peu nombreux ont été les peintres qui ont su dépasser la seule mise en évidence de la matérialité du corps par la pondération. Ainsi, les Lancret, Pater, Octavien, B. de Bar[1] reprennent l'iconographie des fêtes galantes, utilisent le jeu sur la tension intérieure des corps, de la pose au relâchement, sans recourir à la non-pondération délibérée qui, chez Watteau, permet de définir plastiquement un questionnement de l'illusion sociale que constitue la fête galante.

Il existe dans la peinture de genre du XVIII^e siècle un courant dans lequel la pondération des corps est parfaitement respectée et où la mise en rapport entre la surface du tableau et l'espace fictif est dépourvue de pertinence : c'est le cas chez Boucher et chez tous les petits maîtres galants de la deuxième moitié du siècle, les Saint-Aubin, les Lavreince, les Lépicié, chez qui l'évidence de la chair triomphe et ne doit en aucun cas être perturbée. La célèbre pose des « odalisques », *L'odalisque brune*[2] et *L'odalisque blonde*[3] montre que ce qui compte pour Boucher est la mise en évidence du poids du corps, qui s'associe parfaitement à la dimension ouvertement érotique de l'œuvre. L'usage beaucoup plus complexe qu'en fait Fragonard (en l'intégrant dans un système susceptible de le mettre en cause) semble venir principalement d'une adaptation des

1. Cf. R. Rey, *Quelques satellites de Watteau,* Paris, 1931.
2. Paris, musée du Louvre.
3. Munich, Alte Pinakothek.

œuvres mythologiques de Boucher par un disciple qui a su trouver un mode d'expression propre pour tenter de dépasser les contraintes du genre. C'est ce qu'a aussi tenté Greuze en s'attachant à sublimer la peinture de genre par le recours aux effets de la pesanteur sur un registre particulier : le bas-relief. Il met en place un système d'opposition entre l'ordre créé par la disposition des figures en frise et le désordre caractéristique du monde réel[1].

La réflexion sur la pesanteur a joué un rôle important en ce qui concerne le style, tout particulièrement dans la deuxième moitié du XVIII^e^ siècle, traditionnellement décrite comme le passage du style rococo au style néo-classique. L'étude des figures de la pesanteur permet de montrer la relation finalement étroite existant entre les deux : on retrouve en effet le même goût pour une apesanteur généralisée[2]. Dans certaines œuvres néo-classiques, l'apesanteur des figures est associée à l'obéissance aux lois du bas-relief, ainsi dans *Le Génie de la Paix arrêtant les chevaux de Mars* de B. Gagnereaux[3]. De ce point de vue, l'un des grands apports de Fragonard a été l'utilisation des conventions d'apesanteur pour les figures terrestres.

G. Deleuze, dans une formule radicale, plaçait la question de l'équilibre au cœur de la peinture moderne : celle-ci commence « quand l'homme ne se vit plus tout à fait comme une essence, mais comme un accident. Il y a toujours une chute, un risque de chute[4] ». J. Simmen a montré à quel point ce diagnostic était justifié[5]. Si L. Degand a souligné depuis long-

1. Cf. la chaise renversée dans *La malédiction paternelle* (Paris, Musée du Louvre, 1777-78).
2. La différence se situe plutôt en termes de continuité, esquissée par les formes dans le rococo, imposée par le fond dans la nouvelle esthétique.
3. Genève, Musée d'Art et d'Histoire, 1794.
4. G. Deleuze, *Francis Bacon. Logique de la sensation,* Paris, 1984, p. 80.
5. Cf. J. Simmen, *Vertigo, Schwindel der Modernen Kunst,* Munich, 1990.

temps le rôle des effets de la pesanteur dans la peinture abstraite[1], les figures renversées de G. Baselitz affirment la possibilité de les récupérer pour la définition d'une nouvelle figuration. On a pu montrer le rôle que jouait de son côté la réflexion sur le poids dans la sculpture contemporaine[2]. Cette actualité de la problématique de la pesanteur doit être rapprochée de celle des rapports entre l'art et l'ensemble des savoirs scientifiques impossibles à maîtriser, aujourd'hui plus encore qu'au XVIIIe siècle, par un même individu. Cependant il n'est pas sûr que l'évocation d'étapes ultérieures enrichissent la compréhension de ce que Fragonard a en propre : la réflexion sur le lien entre l'illusion et la réalité, la loi et l'accident, la liberté et la contrainte[3]. Le peintre permet de penser, dans une expérience sans cesse recommencée, ce qui est à la fois le plus familier et le plus étranger au spectateur : la sexualité, le monde naturel où il vit, le tableau de peinture qu'il contemple et finalement, dans la temporalité ouverte du rapport à l'œuvre, lui-même.

1. L. Degand , *Abstraction et Figuration. Langage et signification de la peinture,* Paris 1956. Cf. notre article « La pesanteur et la naissance des abstractions », *Revue d'esthétique*, 1996, p. 101-112.
2. M. Fréchuret, *Le Mou et ses formes. Essai sur quelques catégories de la sculpture du XXe siècle,* Paris, 1993. L'exposition de P. Greenaway au Louvre *(Le Bruit des nuages. Flying out of this world,* Paris, musée du Louvre, 3 nov. 1992-1er février 1993) et celle organisée par M. Fréchuret au musée d'art moderne de Villeneuve d'Ascq *(L'Envolée, l'Enfouissement. Histoire et imaginaire aux temps précaires du XXe siècle,* janv.-avril 1996) traduisent l'intérêt actuel pour la problématique.
3. En ce sens, il n'est peut-être pas totalement anachronique d'associer Fragonard à certains aspects du romantisme. Un texte comme *Sur le théâtre de marionnettes* de H. von Kleist utilise la pesanteur dans toute son ambiguïté : elle emprisonne l'homme mais aussi lui assure, quand elle est entièrement acceptée, une grâce sans égale (« Tous les membres sont ainsi ce qu'ils doivent être : morts, de purs pendules, et qui obéissent uniquement à la loi de la pesanteur ; vertu merveilleuse qu'en vain on chercherait dans la plupart des danseurs » (trad. fr. Nantes, 1989, p. 29).

Faisons ici le point sur la démarche suivie. Nous proposons de prendre acte du passage à la loi défini par la pesanteur, passage qui détermine l'aller retour entre l'étude du thème et celle de la technique et surtout le changement de posture du spectateur et de l'artiste. La première est l'obligation de tenir compte, dans l'étude des œuvres plastiques, de ce qu'on a appelé plus haut la « temporalité externe ». Le caractère à première vue indéterminé de celle-ci ne doit pas empêcher l'étude des étapes plus ou moins marquées dans l'appréhension de l'œuvre, le critère étant la modification de celle-ci en fonction de la mise en cause du degré, jusqu'alors accepté, de croyance en la fiction. Cela signifie que le spectateur ne peut, dans son analyse, s'en tenir à une simple superposition de deux niveaux homogènes d'unification, l'iconographie et la technique. La complexité des rapports entre loi et exemplification, tels qu'ils apparaissent dans les *Hasards heureux,* empêche de faire de l'œuvre une manifestation de principes généraux propres à une époque : dans cette mesure, l'approche iconologique trouve ici ses limites.

S'intéresser à un phénomène en grande partie spontané, qui affecte l'individu en dehors tout savoir, de toute référence à une culture organisée, oblige à instaurer un dialogue avec les entreprises qui cherchent à définir le lien entre le psychologique et le physiologique tel qu'il s'opère dans le rapport à l'œuvre d'art. De fait, c'est dans la « psychologie de la forme[1] » que l'on trouve le plus communément des références aux effets spontanés de perception de la pesanteur. Mais il manque à ce modèle la capacité de rendre compte du processus par lequel l'organisation spontanée de l'œuvre peut être saisie par la conscience, et comment cette organisation spontanée devient alors composante d'une poétique, puisqu'elle est susceptible de devenir l'évocation de la loi dans l'œuvre.

1. Ou « théorie de la *Gestalt* ».

La deuxième grande option heuristique de laquelle se rapproche notre projet est le cognitivisme. De fait, dans cette conception du rapport de l'individu au monde, notre objet, le rapport à la pesanteur, constitue un centre d'intérêt majeur. Il se trouve au centre de ce qu'une des grandes figures de ce courant, D.D. Dennett, nomme « physique populaire[1] ». Le cognitivisme, qui s'attache principalement à la mise en évidence des croyances sur lesquelles se fonde l'individu dans ses prospectives et dans ses souvenirs, voit dans l'expérience de la pesanteur un exemple privilégié de ces connaissances non fondées en raison mais qui permettent d'introduire l'idée d'un partage au sein de la communauté, partage de notions qui en assure la cohésion. Ainsi, « vous vous attendez à ce qu'une balançoire, si on la repousse, revienne en arrière[2] ». Une telle conception est d'une portée limitée pour rendre compte de notre problème parce que la logique de la croyance et de la prédiction ne rend pas compte des procédures spécifiques d'investissement du spectateur vis-à-vis de l'œuvre d'art, c'est-à-dire le mouvement par lequel l'œuvre joue sur ce genre d'appel immédiat. Nous devons quant à nous construire un modèle permettant de décrire le passage par les savoirs constitués qui s'opère dans l'œuvre de manière négative, en tant qu'il permet de susciter un effet de reflux vers une approche qui pose sans cesse la question des limites de la connaissance. Ces limites sont à définir ici de deux manières différentes, qui interfèrent l'une et l'autre dans l'usage poétique de la pesanteur : dans le rapport établi entre différents champs de connaissance ; dans la conscience qu'existent des dimensions statutairement extérieures à l'appréhension cognitive, comme tout ce qui concerne les comportements psychophysiologiques spontanés (ainsi pour la pesanteur le vertige).

L'intérêt qu'on porte ici aux questions de compétence du spectateur invite à la clarification du rapport avec la « théorie de la

1. D.D. Dennett, *La Stratégie de l'interprète. Le sens commun et l'univers quotidien*, trad. fr. Paris, 1987, p. 18.
2. Ibid., p. 18.

réception » élaborée par l'École de Constance et notamment H.R. Jauss et W. Iser[1]. La référence aux normes ne correspond pas vraiment à ce que H.R. Jauss nomme « l'horizon d'attente », c'est-à-dire les cadres formels, cognitifs, sociaux dans lesquels l'œuvre s'insère. En fait, on en revient assez vite à une mise en rapport entre tradition (notamment autour de la question du genre) et de l'innovation. Ce schéma a effectivement l'intérêt de situer les enjeux dans un rapport avec un état des choses. Mais la différence de notre projet avec celui des théoriciens de la réception est que nous proposons de ne prendre en compte que ce qui concerne la part consciente de cette réception, c'est-à-dire le jeu produit par l'artiste à partir de ce qu'il perçoit comme norme. La référence que nous avons faite à des textes contemporains, textes critiques pour ce qui concerne l'art, textes de vulgarisation pour ce qui concerne les savoirs, a pour fonction de faire apparaître les valeurs accordées majoritairement aux phénomènes qui nous intéressent. Car s'il paraît souvent difficile de déterminer ce système de valeurs au sein duquel l'œuvre artistique étudiée est censée s'intégrer (ces normes étant d'autant plus contraignantes qu'elles sont inconscientes), il est possible de le faire dans le cas de l'usage de la pesanteur puisqu'on ne mesure après tout que des écarts vis-à-vis de normes exhibées comme telles. Que la loi puisse devenir motif, qu'elle puisse être intégrée dans une situation narrative, voilà ce que nous apprend le travail sur la pesanteur.

Le plus important ici est de mettre en évidence le passage qui s'opère du particulier au général, ce qui signifie également un rapport actif vis-à-vis du discours censé en rendre en compte. Il faut donc définir une poétique non identifiante, capable d'enregistrer le double phénomène de variation d'intensité et de passage réversible du motif à la loi. Pour cela, il faut pouvoir prendre en compte les phénomènes d'attention (ceux que nous avons désignés précédemment

1. Cf. H.R. Jauss, *Pour une esthétique de la réception*, trad. fr. C. Maillard, Paris, 1978 ; W. Iser, *L'Acte de lecture. Théorie de l'effet esthétique,* trad. fr., Paris, 1985.

sous le terme générique de « remarque » ). On se rapproche d'une poétique de l'intérêt, dont on n'évitera pas l'acception idéologique que lui a donnée Habermas[1]. Mais il s'agit pour nous, du fait de la spécificité de notre objet, de passer par la dimension des savoirs et donc de définir l'intérêt en tant qu'il est perçu par le spectateur, en quoi il s'en étonne, en quoi il est lui-même surpris par l'intérêt qu'il porte à l'objet. Dans cette acception, notre projet n'est finalement pas aussi éloigné de celui de Jauss si on replace le projet de l'École de Constance dans une herméneutique généralisée : Jauss ne dit-il pas, incidemment, que plutôt qu'une esthétique de la réception, il aurait pu parler d'une esthétique de l'intérêt ? La différence toutefois avec ces approches, c'est qu'il est absolument nécessaire de définir, pour étudier les effets produits par la pesanteur, la temporalité du rapport à l'œuvre, dans laquelle est prise le discours critique censé décrire celle-ci.

L'instauration au centre de l'œuvre d'un rapport entre la loi et l'exemple, qui est aussi une réflexion sur la cause et l'effet, a pour conséquence d'obliger à penser le rapport entre la partie (motif ou zone) et le tout du tableau. D. Arasse s'est employé, dans *Le Détail*[2], à présenter divers aspects du problème. On ajoutera seulement la nécessité d'inclure le passage par le détail dans une dynamique simultanément spatiale et temporelle : spatiale, en mettant en évidence le principe de « propagation » qui s'est avéré si important dans les *Hasards heureux ;* temporel, par l'ouverture sur d'autres hypothèses valables à l'échelle du tableau. Il est alors impossible d'établir une correspondance précise entre l'œuvre et une conception globale, quelle qu'elle soit.

Or cette conception globale repose sur la possibilité d'une transcription dans le discours, qui se fait selon une figure de style privilégiée, la métaphore[3]. Fragonard, en la « saturant »

1. Connaissance et intérêt, trad. fr., Paris, 1976.
2. Paris, 1992.
3. Cf. C. R. Hausmann, *Metaphor and art. Interactionism and Reference in the Verbal and Non-verbal Arts*, Cambridge, New york, Melbourne, 1989.

d'entrée (c'est-à-dire en la mettant en évidence comme telle) perturbe son fonctionnement. *Les Hasards heureux* montrent qu'il est réducteur d'opposer discursivité et picturalité, ou même narrativité et réflexivité moderniste : ce qu'il faut comprendre, c'est la manière dont la loi (la morale, les constantes psychophysiologiques, les règles régissant la réalisation du tableau), c'est-à-dire tout ce qui est susceptible d'une généralisation et donc d'une verbalisation, est interrogée par le tableau. Il s'agit alors de dépasser le modèle discursif tel qu'il est imposé aux arts plastiques, non pas tant finalement durant l'ère de l'*ut pictura poesis,* soit depuis l'antiquité, qu'au moment même où Lessing déclare rompue l'homologie entre les deux termes. En effet, la rupture du lien permet l'avènement de la figure du critique ou du théoricien qui va seul pouvoir développer un discours sur l'œuvre, puisqu'il n'existe plus de version discursive légitime. Ainsi se développe, dès la seconde moitié du XVIII^e^ siècle, l'assimilation du commentateur à l'artiste qui est un trait caractéristique de notre culture contemporaine. Certains artistes, tel Fragonard, sauront réagir.

Le spectateur (et en particulier l'historien de l'art) doit accepter cette leçon, concerné comme il l'est par le rapport du discours à l'œuvre. Il peut y perdre en certitude dans la maîtrise de l'œuvre. Mais il peut aussi gagner beaucoup : l'ouverture d'un rapport visuel au monde, irréductible à l'élaboration discursive qui pourrait en rendre compte. Paradoxalement, ce rapport sera d'autant mieux établi que la distance vis-à-vis du discours identifiant sera mieux défini par un autre discours qu'on qualifiera, faute de mieux, de « poétique figurative ». C'est à l'élaboration de cette poétique que cet essai voudrait contribuer.

# BIBLIOGRAPHIE

## Sources


Collection Deloynes, Bibliothèque Nationale, Paris.

Académie royale des Inscriptions et Belles-Lettres, *Tables des matières contenues dans l'Histoire et dans les Mémoires de l'Académie Royales des Inscriptions et Belles-Lettres,* Paris, 1756.

Académie royale des Sciences, *Nouvelle table des articles contenus dans les volumes de l'Académie Royale des Sciences de Paris depuis 1666 jusqu'en 1770,* Paris, 1775 (Par l'abbé Rozier).

ALBERTI, L.B., *De la peinture et de la sculpture,* Paris, 1878 (1436).

ALGAROTTI, Francesco, *Œuvres,* Paris, 1772.

BOULENGER DE RIVERY, Claude, *Fables et contes,* Paris, 1754.

CASTEL, Louis Bertrand, *Traité de physique sur la pesanteur universelle des corps,* Paris, 1724.

CAYLUS, Anne Claude Philippe de Tubières de Grimoard de Pestel de Lévis, comte de, *Nouveaux sujets de peinture et de sculpture,* Paris, 1755.

CAYLUS, Anne Claude Philippe de Tubières de Grimoard de Pestel de Lévis, comte de, *Tableaux tirés de l'Iliade,* Paris, 1757.

COCHIN, Claude-Nicolas, *Recueil de quelques pièces concernant les arts,* s.l.n.d.

COLLE, Charles, *Journal et mémoires de Charles Collé sur les hommes de lettres,* Paris, 1868.

CONDILLAC, Étienne Bonnot, abbé de, *Traité des sensations,* Paris, 1984 (1754).

COYPEL, Charles-Antoine, *Dialogues sur la connaissance de la peinture,* vers 1723, bibliothèque Doucet Ms 510.

CROUSAZ, Jean-Pierre de, *Traité du beau,* Paris, 1985 (1ère éd. Amsterdam, 1715).

DANDRE-BARDON, Michel-François, *Traité de peinture,* Paris, 1765.

Dictionnaire de l'Académie, Paris, 1762.

DIDEROT, Denis, *Œuvres complètes,* éd. H. Dieckmann, J. Proust, J. Varloot, Paris, 1975.

DIDEROT, Denis, *Œuvres esthétiques,* éd. P. Vernière, Paris, 1968.

DOLCE, Carlo, *Dialogues sur la peinture de Louis Dolce, intitulé l'Arétin,* Florence, 1735 (1ère éd. 1557).

DUBOS, Jean-Baptiste, *Réflexions critiques sur la poésie et sur la peinture,* Paris, 1719.

DUPLESSIS, Georges, *Collection de pièces sur les Beaux-Arts imprimées et manuscrites recueillies par Pierre-Jean Mariette, Charles-Nicolas Cochin et M. Deloynes, conservée au Cabinet des Estampes de la Bibliothèque Nationale,* Paris, 1881.

DU RESNEL, abbé J.-F. , « Réflexions générales sur l'utilité des belles-lettres, et sur les inconvéniens du goût exclusif, qui paroît s'établir en faveur des Mathématiques et de la Physique », compte rendu dans l'*Histoire de l'Académie Royale des inscriptions et belles-lettres,* 1751, t. XVI, p. 11-37.

L'Encyclopédie ou Dictionnaire raisonné des sciences, des arts et des métiers, Paris, 1751-72.

FALCONET, Étienne, *Œuvres diverses concernant les arts,* Paris, 1787.

FELIBIEN, André, *De l'origine de la peinture et des plus excellens peintres de l'antiquité,* Paris, 1660.

FELIBIEN, André, *Conférences de l'Académie royale de peinture et de sculpture,* Londres, 1705.

FELIBIEN, André, *Entretiens sur la vie et les ouvrages des plus fameux peintres anciens et modernes,* Paris, 1725.

FÉNELON, François de Salignac de La Mothe, *Œuvres,* éd. J. Le Brun, Paris, 1983.

FONTENAY, Louis-Abel de Bonafons, dit l'abbé de, *Dictionnaire des artistes,* Paris, 1776.

FONTENELLE, Bernard Le Bovier de, *Entretiens sur la pluralité des mondes,* éd. A. Calame, Paris, 1966 (1686).

FONTENELLE, Bernard Le Bovier de, *Œuvres complètes,* éd. G.P. Depping, rééd. Genève, 1968 (1818).

FRAIN DU TREMBLAY, Jean, *Discours sur l'origine de la poésie, sur son usage et sur le bon goût,* Paris, 1713.

FURETIERE, Antoine, *Dictionnaire universel,* Paris, 1978 (rééd. par A. Rey de l'édition de 1690).

GAUTIER D'AGOTY, Jacques, *Observations sur la peinture et sur les tableaux anciens et modernes,* Paris, 1753.

GOMBERVILLE, Marin Le Roy, seigneur de, *Doctrine des moeurs,* Paris, 1681

HAGEDORN, Christian Ludwig von, *Réflexions sur la peinture,* trad. M. Huber, Leipzig, 1775.

HUME, David, *Essais esthétiques,* éd. et trad. R. Bouveresse, Paris, 1973-1974, 2 vol.
HUME, David, *Traité de la nature humaine,* trad. A. Leroy, Paris, 1983 (1739).
LACOMBE, Jacques, *Dictionnaire des beaux-arts,* Paris, 1752.
LACOMBE, Jacques, *Ode sur les progrès des Sciences et des Beaux-Arts sous Louis XV*, Paris, 1749.
LAIRESSE, Gérard de, *Le Grand livre des peintres, ou l'Art de peinture considéré dans toutes ses parties...,* Paris, 1787.
LA NAUZE, Louis Jouard de, « Des rapports que les belles-lettres et les sciences ont entr'elles », *Histoire de l'Académie des Inscriptions et des Belles-Lettres,* t. XIII, 1737, p. 372-383.
LA NAUZE, Louis Jouard de, « Mémoire sur la manière dont Pline a traité de la peinture » in *Mémoires de l'Académie Royale des inscriptions et belles-lettres*, Paris, 1759, t. XXV.
LAUGIER, Marc-Antoine, *Manière de bien juger des ouvrages de peinture,* Paris, 1771.
LELEVEL, Henri, *Lettres sur les sciences et les arts,* Paris, 1704.
*Mémoires pour servir à l'histoire des sciences et des arts,* Trévoux et Paris, 1701-1767, 265 vol.
MORVAN DE BELLEGARDE, abbé Jean-Baptiste, *Œuvres diverses,* Paris, 1723.
NATOIRE, Charles, « Lettre à Antoine Duchesne, à propos du concours de 1747 », *Nouvelles archives de l'art français,* 1889, p. 144.
PADER, Hilaire, *La peinture parlante dédiée à Messieurs les peintres de l'Académie Royale de Paris, suivi du Songe énigmatique sur la peinture universelle,* Paris, 1657.
PERNETY, dom Antoine-Joseph, *Dictionnaire portatif de peinture, sculpture et gravure*, Paris, 1757.
PILES, Roger de, *Cours de peinture par principes,* Paris, 1708.
PILES, Roger de, *Éléments de peinture pratique,* Paris, 1766.
PLINE L'ANCIEN, *Histoire naturelle,* trad. J.M. Croisille, Paris, 1985.
PLUCHE, abbé Noël-Antoine, *Le spectacle de la nature,* Paris, 1732-42.
RASSIELS DU VIGIER, *Le guerrier philosophe,* Paris, 1712.
REMOND DE SAINT-MARD, Toussaint, *Réflexions sur la poésie,* Paris, 1734.
REVERONI SAINT-CYR, Jacques-Antoine de,*Essai sur le perfectionnement des Beaux-Arts par les sciences exactes, ou calculs et hypothèses sur la poésie, la peinture et la musique,* Paris, 1803.

ROSENBERG, Pierre (éd. par), *Vies anciennes de Watteau,* Paris, 1984.
ROUSSEAU, Jean-Jacques, *Œuvres complètes,* éd. B. Gagnebin et M. Raymond, Paris, 1959-1969.
RUBENS, Pierre-Paul, *Théorie de la figure humaine, considérée dans ses principes, soit en repos ou en mouvement,* Paris, 1773.
SAINT-ÉVREMONT, Charles de, *Œuvres,* Paris, 1725.
SAINT-RÉAL,César Vichard, abbé de, *Césarion ou Entretiens sur divers sujets,* Paris, 1684.
SAUGRAIN, Claude Marin, *Les curiosités de Paris...,* Paris, 1778.
TESTELIN, Henri, *Sentimens des plus habiles peintres sur la pratique de peinture et sculpture,* Paris, 1696.
WATELET, Claude-Henri, *L'art de peindre,* Paris, 1760.
WATELET, Claude-Henri, « Discours de réception à l'Académie française », in *Discours prononcés dans l'Académie Françoise, le lundi 19 janvier MDCCLXI, à la réception de M. Watelet,* Paris, 1761.
WATELET, Claude-Henri, LEVEQUE, Pierre-Charles, *Dictionnaire des beaux-arts,* Paris, 1788-92.

## Ouvrages consultés

ADHÉMAR, Hélène, « Watteau, les romans et l'imagerie de son temps », *Gazette des Beaux-Arts,* nov. 1977.
ALPERS, Svetlana, « Describe or Narrate : a problem in realistic representation », *New Literary History,* 8 (1976-77), p. 15-41.
ALPERS, Svetlana, *L'art de dépeindre,* trad. fr. J. Chavy, Paris, 1990.
ARNHEIM, Rudolf, « The Unity of the arts : Time, space and distance », *Yearbook of Comparative and General Literature,* vol. 25, 1976, p. 7-19.
ARNHEIM, Rudolf, *The power of the center. A study of composition in the visual arts,* Berkeley, Los Angeles, Londres, 1988.
ATKINSON, Geoffrey, *Le sentiment de la nature et le retour à la vie simple* (1690-1740), Genève et Paris, 1960.
Atlanta, *The rococo Age*, Atlanta, High Museum of Art, 1983-84.
BACHELARD, Gaston, *L'air et les songes. Essai sur l'imagination du mouvement,* Paris, 1942.
BACKSCHEIDER, P.R. (sous la direction de), *Probability, time and space in 18th C. literature,* New York, 1979.
BANKS, Oliver, *Watteau and the North : Studies in the Dutch and Flemish Baroque Influence on French Rococo Painting,* New York et Londres, 1977.

BASSY, Alain-Marie, *Les « Fables » de La Fontaine : quatre siècles d'illustration,* Paris, 1986.
BAUDSON, Michel (dir.), *L'Art et le temps, regards sur la quatrième dimension,* Bruxelles, 1984, Palais des Beaux-Arts, Paris, 1985.
BAUER, Hermann, *Rocaille. Zur Herkunft und zum Wesen eines Ornament-Motivs,* Berlin, 1962.
BAYLEY, P. et COLEMAN, D.G., *The Equilibrium of Wit,* Lexington, MA, 1982
BAXANDALL, Michael, *Formes de l'intention : sur l'explication historique des tableaux*, trad. fr. C. Fraixe, Nîmes, 1991.
BAXANDALL, Michael, *Les humanistes à la découverte de la composition en peinture*, trad. fr. M. Brock, Paris, 1989.
BECQ, Annie, *Genèse de l'esthétique moderne*, 2 vol., Pise, 1984.
BEDAUX, Jan Baptist, *The Reality of Symbols,* La Haye, 1990.
BELAVAL, Yvon, « La crise de la géométrisation de l'univers dans la philosophie des Lumières », in *Revue internationale de philosophie,* 1952, p. 337-355.
BELFORD, M. et HERMAN, J., *Time and space concepts in art,* New York, 1980.
BENJAMIN, Walter, *L'origine du drame baroque allemand,* trad. S. Muller, Paris, 1985.
BERGELT, M., *Zeit-Raume : Zeitraüme, Raumzeiten, Zeittraüme,* Munich, 1991.
BERGSON, Henri, *Essai sur les données immédiates de la conscience,* Paris, 1967 (1888).
BOIS, Yve-Alain ; BONNE, Jean-Claude ; BONNEFOI, Christian ; DAMISCH, Hubert ; LEBENSZTEJN, Jean-Claude, « La Raie », *Critique,* août-sept. 1973, n° 315-316, p. 679-690.
BÖRSCH-SUPAN, Helmut, *Garten, Landschafts- und Paradiesmotive im Innenraum. Eine ikonographische Untersuchung,* Berlin, s.d.
BÖRSCH-SUPAN, Helmut, GHAETGENS, Thomas et al., *Bilder vom Irdischen Glück* (catal. de l'exposition du Schloss Charlottenburg), Berlin, 1983.
BRAUNSCHVICG, Marcel, *L'abbé Du Bos rénovateur de la critique au XVIII^e siècle,* Toulouse, 1904.
BRAUNSCHWEIG, *Die Sprache der Bilder. Realität und Bedeutung in der niederländischen Malerei des 17. Jhdts,* Herzog Anton-Ulrich Museum, 1978.
BROWN, Christopher, *La peinture de genre hollandaise au XVII^e siècle,* Paris, 1984.

BRUNET, Olivier, *Philosophie et esthétique chez David Hume,* Paris, 1965.

BRUNET, Pierre, *Les physiciens hollandais et la méthode expérimentale en France au XVIIIe siècle,* Paris, 1926.

BRYSON, Norman, *« Watteau and Reverie ; a Test Case in "Combined Analysis" », The 18th C. : Theory and Interpretation,* vol. 22, n° 2, 1981, p. 97-126.

BRYSON, Norman, *Word and Image,* Oxford, 1981.

BUKDAHL, Else-Marie, *Diderot critique d'art - I Théorie et pratique dans les Salons de Diderot,* Copenhague, 1980.

BUKDAHL, Else-Marie, *Diderot critique d'art - II Diderot, les salonniers et les esthéticiens de son temps,* Copenhague, 1982.

BUSCHOR, E., *Vom Sinn der grieschischen Standbilder,* Berlin, 1977.

CAMESASCA, Ettore, *Tout l'oeuvre peint d'Antoine Watteau,* Paris, 1970.

CAMON, A.J., *El Tiempo en el arte,* Madrid, 1953.

CARPENTER, R.B., *The Dutch sources of Jean-Honoré Fragonard* (thèse présentée à Harvard en 1955, non publiée ; non consultée).

CHASTEL, André, *La grottesque,* Paris, 1988.

CHATELUS, Jean, « Thèmes picturaux dans les appartements de marchands et artisans parisienne du XVIIIe siècle », *Dix-huitième siècle,* VI, 1974, p. 309-324.

CLEARY, T.R., « Illusion in late baroque painting and complex perspective in Enlightment satire », in *Studies on Voltaire and the Eighteenth Century,* 1983.

COLEMAN, F.X.J, *The aesthetic thought of the French Enlightment,* Londres, 1971.

COMER, C. et STECHOW, Wolfgang, « The History of the term "Genre" », *Bulletin of the Oberlin Art Museum,* 33, 1975/1976, p. 89-94.

COURAJOD, Louis, *L'école royale des élèves protégés,* Paris, 1874.

CROW, Thomas, *Painters and Public Life in 18th C. Paris,* New Haven et Londres, 1985.

CROW, Thomas, « La critique des Lumières dans l'art du dix-huitième siècle », *Revue de l'art,* 1986 (73), p. 1-6.

CUZIN, Jean-Pierre, *Fragonard, vie et œuvre,* Fribourg, 1987.

DAMISCH, Hubert, *Théorie du nuage,* Paris, 1972.

DAMISCH, Hubert, « La Raie », cf. BOIS.

DAVIS, M. et SKUPIN, J. (sous la direction de), *Body Movement and Non-verbal communication. An annotated bibliography,* Bloomington, 1982.

DELEUZE, Gilles, *Empirisme et subjectivité,* Paris, 1953.
DELEUZE, Gilles, *Francis Bacon, logique de la sensation,* Paris, 1984.
DELEUZE, Gilles, *Le pli. Leibniz et le baroque,* Paris, 1990.
DEMORIS, René, « La nature morte chez Chardin », *Revue d'esthétique,* 1969, t. XXII, n° 4, p. 363-385.
DEMORIS, René, « Les fêtes galantes chez Watteau et dans le roman contemporain », *XVIIIe siècle,* 1971, n° 3.
DESCARTES, René, *Œuvres,* éd. A. Bridoux, Paris, 1953.
DIDI-HUBERMAN, Georges, *Devant l'image,* Paris, 1990.
DITTMANN, L., « Raum und Zeit als Darstellungsformen bildender Kunst. Ein Beitrag zur Erörterung des kunsthistorischen Raum- und Zeitbegriffs », in *Festschrift für Kuhn, Erich, Stadt und Landschaft, Raum und Zeit,* Cologne, 1969, p. 43-55.
DITTMANN, L., « Über das Verhältnis von Zeitstruktur und Farbgestaltung in Werken der Malerei », in *Festschrift W. Braunfels,* Tübingen, 1977, p. 93-109.
DONAT DE CHAPEAUROUGE, C., « Chardins Kinderbilder und die Emblematik », *Actes du 22e Congrès international d'histoire de l'art,* 1969 (Budapest, 1972), II, pp. 51-56.
ECO, Umberto, *Sémiotique et philosophie du langage,* trad. M. Bouzaher, Paris, 1988.
EHRARD, Jean, *L'idée de nature en France dans la première moitié du XVIIIe siècle,* Chambéry, 1963.
EIDELBERG, Martin, *Watteau's Drawings. Their Use and Significance,* New York, 1977.
ÉLIAS, Norbert, *La Société de cour,* trad. J. Kamnitzer, Paris, 1974.
ESCOUBAS, Éliane, *Imago Mundi,* Paris, 1986.
EXNER, Sigmund, *Die Physiologie des Fliegens und Schwebens in den bildenden Künsten,* Vienne, 1882.
FRANCASTEL, Pierre, « L'esthétique des Lumières » in *Utopie et Institutions au siècle des Lumières,* Paris, 1963.
FREY, Dagobert, « Das Zeitproblem in der Bildkunst » in *Bausteine zu einer Philosophie der Kunst,* Darmstadt, 1976, 1955, p. 212-235.
FRIED, Michael, *La place du spectateur*, trad. C. Brunet, Paris, 1990.
GADAMER, Hans-Georg, *Vérité et méthode,* trad. E. Sacre, Paris, 1976.
GADAMER, Hans-Georg, « Über Lehre und erfüllte Zeit », in *Die Frage Martin Heideggers, Sitzungsberichte der Heidelberger Akademie der Wissenschaften,* Phil.-hist. Klasse, Jg 1969, p. 17-35
GERSON, Horst, *Ausbreitung und Nachwirkung der holländischen Malerei des 17. Jhdts.,* Haarlem, 1942.

GILBERT, Creighton, « On subject and non-subject in Italian Renaissance Pictures », *The Art Bulletin,* sept. 1952, p. 202-217.
GINZBURG, Carlo, *Mythes, emblèmes, traces,* Paris, 1990.
GOMBRICH, Ernst, *L'Art et l'Illusion. Psychologie de la représentation picturale,* trad. fr., Paris, 1971
GOMBRICH, Ernst, « Moment and Movement in art », in *The image and the eye,* Oxford, 1982, p. 40-62.
GOTTLIEB, Carl, « Movement in painting », *Journal of Aesthetics and Art Criticism,* 17 (1958) 22.
GOULEMOT, Jean-Marie, « Démons, merveilles et philosophie », *Annales E.S.C.,* nov.-déc. 1980, 35e année, n° 6.
*Greuze et Diderot. Vie familiale et éducation dans la seconde moitié du XVIIIe siècle,* Clermont-Ferrand, 1984.
GROETHUYSEN, Bernard, *Origines de l'esprit bourgeois en France. I-L'Église et la Bourgeoisie,* Paris, 1927.
GROENWEGEN-FRANKFORT, M.A., *Arrest and Movement : An Essay on Space and Time in the Representational Art of the Ancient Near East,* Chicago, 1951.
HAUSMANN, Carl R., *Metaphor and art. Interactionism and Reference in the Verbal and Non-verbal Arts,* Cambridge, New york, Melbourne, 1989.
HEINICH, Nathalie, « Arts et Sciences à l'âge classique. Professions et institutions culturelles », *Actes de la recherche en sciences sociales,* mars 1987, n° 66/67.
HENKEL, A., SCHÖNE, A., *Emblemata,* Stuttgart, 1976.
HOBSON, Marian, *The Object of Art : the Theory of Illusion in eighteenth century France,* Cambridge, 1982.
HOLLÄNDER, M. et THOMSEN, C.W., *Augenblick und Zeitpunkt : Studien zur Zeitstruktur und Zeitmetaphorik,* Darmstadt, 1984.
HOLLOWAY, O. E, *French Rococo book illustration,* Londres, 1949.
HORACE, *Art poétique,* in *Œuvres,* éd. F. Richard, Paris, 1967.
JAUSS, Hans-Robert, *Pour une esthétique de la réception,* trad. C. Maillard, Paris, 1978.
JOLLET, Étienne, « D'un sujet génétique : la question de la figure dans les fêtes galantes d'Antoine Watteau », *L'Écrit-Voir,* 1985, n° 7, p. 23-29.
JOLLET, Étienne, « Gravity in Painting : Fragonard's Perrette and the Depiction of Innocence », *Art History,* vol. 16, n° 2, juin 1993, p. 266-285.
JOLLET, Étienne, « La pesanteur et la naissance des abstractions », *Revue d'esthétique,* 1996, p. 101-112.

JOLLET, Étienne, « Saint-Réal et la temporalité du discours critique », *La Naissance de la théorie de l'art en France,* dir. C. Michel, Paris, (à paraître en 1998).

KAYSER, W., *The grotesque in Art and Literature,* Indiana Univ. Press, 1963

KIMBALL, Fiske, *Le style Louis XV : origine et évolution du rococo,* Paris, 1949.

KLEIST, Heinrich von, *Sur le théâtre de marionnettes, De l'élaboration progressive des pensées dans le discours,* précédé de *L'art de devenir un écrivain original en trois jours, par Ludwig Börne,* trad. J.C. Schneider, Nantes, 1989.

KOYRÉ, Alexandre, « La loi de la chute des corps. Galilée et Descartes », *Revue philosophique de la France et de l'étranger,* mai-août 1937.

LAMBLIN, Bernard, *Peinture et temps,* Paris, 1983.

LAUFER, Roger, *Style rococo, style des Lumières,* Paris, 1963.

LESSING, Gotthold Ephraim, *Laocoon,* trad. fr. Courtin, Paris, 1990.

LEVIN, M. R, « The Wedding of Art and Science in late 18th Century C. France : A Means of Building Social Solidarity », *18th Life,* n° 3 (1982).

LEVY-SHOEN, A., « Le champ d'activité du regard : données expérimentales » in *L'année psychologique,* Paris, 1974, 74, p. 43-66.

LILLE, *Au temps de Watteau, Fragonard et Chardin. Les Pays-Bas et les peintres français du XVIII^e siècle,* Lille, musée des Beaux-Arts, 1985.

LOCQUIN, Jean, « La lutte des critiques d'art contre les portraitistes au XVIII^e siècle », in *Mélanges Lemonnier*, Paris, 1919.

MAC NEIL KETTERING, Alison, *The Dutch Arcadia. Pastoral Art and its audience in the Golden Age,* Ottawa et Montclair, 1983.

MARCEL, Pierre, *La peinture française de la mort de Le Brun à la mort de Watteau (1690-1721),* Paris, 1906.

MARCEL, Pierre, « Les peintres et le public en France au XVIII^e siècle », in *Mélanges E. Bertaut,* Paris, 1924.

MARIN, Louis, *Le portrait du roi,* Paris, 1981.

MARIN, Louis, *Opacité de la peinture. Essais sur la représentation au Quattrocento,* Paris, 1989.

MAUBERT, A., *L'exotisme dans la peinture française du XVIII^e siècle,* Paris, 1943.

MCCLAIN, J., « Time in the Visual Arts. Lessing and Modern

Criticism », *Journal of Aesthetics and Art Criticism,* XIV, n° 1, 1985, p. 41-58.
MICHEL, C. *Charles-Nicolas Cochin et l'art des Lumières,* Rome, 1993.
MINGUET, Philippe, *Esthétique du rococo,* Paris, 1966.
MIRIMONDE, A. P. de, « Statues et emblèmes dans l'œuvre d'A. Watteau », *La revue du Louvre et des Musées de France,* 1962, n° 1, p. 11-20.
MOIGNET, Gérard, *Systématique de la langue française,* Paris, 1981.
MONTAIGLON, Anatole de, *Procès-verbaux de l'Académie royale de peinture et de sculpture,* Paris, 1875-92.
MORTUREUX, Marie-Françoise, *La formation et le fonctionnement d'un discours de la vulgarisation scientifique au XVIIIe siècle à travers l'œuvre de Fontenelle,* Lille, 1983 (thèse de l'Université de Paris VIII, 1978).
MÜNTZ, Paul, « L'art français du XVIIIe siècle et l'enseignement académique », *Revue de l'art,* II, 1857, p. 31-48.
*The natural sciences and the arts. Aspects of Interaction from the Renaissance to the 20th C. An International symposium,* Uppsala, 1983, Stockholm, 1985.
NEUMANN, Robert, « Watteau's L'enseigne de Gersaint and Baroque emblematic Tradition », *Gazette des beaux-arts,* nov. 1984, t. CIV, 6e.
PAFLIK, H (dir.), *Das Phänomen Zeit in Kunst und Wissenschaft,* Weinheim, 1987.
PANOFSKY, Erwin, « Et in Arcadia Ego : on the Conception of Transience in Poussin and Watteau » in *Philosophy and History. Essays presented to E. Cassirer,* New York et Londres, 1963.
PANOFSKY, Erwin, *Essais d'iconologie,* Paris, 1967.
Paris, *Chardin,* Galeries nationales du Grand Palais, jan.-avril 1979.
Paris, *Watteau* 1684-1721, Galeries nationales du Grand Palais, oct. 1984-janv. 1985.
Paris, *Fragonard,* Galeries nationales du Grand Palais, sept. 1987-janv. 1988.
Paulson, Ronald, *Popular and polite art in the age of Hogarth and Fielding,* Londres, 1979.
PELOUX, Vicomte Charles du, *Répertoire biographique et bibliographique des artistes du XVIIIe siècle français,* Paris, 1930, 2 vol.
POPPER, Frank, « Procédés anciens et modernes d'indication du mouvement dans les arts plastiques », *Sciences de l'art,* 2 (1965).
POSNER, Donald, « The Swinging Women of Watteau and

Fragonard », *The Art Bulletin,* mars 1982, n° 1, LXIV, p. 75-88.
PRAZ, Mario, *Studies in 17th C. Imagery,* Londres, 1939-47.
PROUST, Marcel, « Chardin et Rembrandt » in *Contre Sainte-Beuve,* éd. P. Clarac, Paris, 1971, p. 372-382.
PUTTFARKEN, Thomas, *Roger de Piles' Theory of Art,* New Haven et Londres, 1985.
RAUPP, H. J., « Ansätze zu einer Theorie der Genremalerei in den Niederlanden im 17. Jhdts. », *Zeitschrift für Kunstgeschichte,* 1983, n° 4.
REINACH, Adolphe, *Recueil Milliet,* Paris, 1985.
RENGER, Karl, *Lockere Gesellschaft. Zur Ikonographie des Verlorenen Sohnes und von Wirtshausszenen un der niederländischen Malerei,* Berlin, 1970.
RETAT, Pierre, « Le "moment" dans la critique et l'écriture des Salons », in *Diderot, les beaux-arts et la musique,* Paris, 1984.
ROBERTS, Warren, *Morality and Social Class in 18th C. French Literature and Painting,* Toronto, 1974.
Rodin, Auguste, *L'art - Entretiens réunis par Paul Gsell,* Paris, 1911.
ROLAND-MICHEL, Marianne, « Fragonard illustrator of the Contes of La Fontaine », *The Burlington Magazine,* oct. 197O, n° 811, supplément n° 25, p. i-vi.
ROLAND-MICHEL, Marianne, « Le cabinet de curiosités de Bonnier de La Mosson, et la participation de Lajoue à son décor », *Bulletin de la Société de l'Histoire de l'Art Français,* 1975.
ROLAND-MICHEL, Marianne, *Lajoue et l'art rocaille,* Paris, 1984.
ROLAND-MICHEL, Marianne, *Watteau, un artiste au XVIIIe siècle,* Paris, 1984.
ROSENBERG, Pierre, *Tout l'œuvre peint de Chardin,* Paris, 1983.
ROSENBERG, Pierre, *Vies anciennes de Watteau,* Paris, 1984.
SAISSELIN, Rémy, « Painting, writing and primitive purity : from expression to sign in 18th C. French painting and architecture », *Studies on Voltaire and the Eighteenth Century,* 1983, n° 217.
SARTRE, Jean-Paul, *L'imaginaire,* Paris, 1940.
SAUERLÄNDER, Willibald, « Über die ursprüngliche Reihenfolge von Fragonards' Amours des bergers », *Münchner Jahrbuch der bildenden Kunst,* 1968, XIX, p. 127-156.
SCHULZ, Walter, *Metaphysik des Schwebens. Untersuchungen zur Geschichte der Ästhetik,* Pflullingen, 1985-86.
SCHNEEDE, Uwe, *Das repräsentative Gesellschaftbild in der niederlandischen Malerei des 17. Jhdts und seine Grundlagen bei Vredeman de Vries,* Kiel, 1965, 2 vol.

SEERVELD, Carl, « Tell-tale Statues in Watteau's Painting », *Eighteenth Century Studies,* XIV, hiver 1980/1981.

SELDMAYR, Hans, *Die Grundlagen der französischen Rokoko-ornamentik in Frankreich*, Strasbourg, 1917.

SELDMAYR, Hans, « Das Gesamtkunstwerk der Regence und des Rokoko », in *Epochen und Werke,* vol. II, Vienne et Münich, 1960.

SHERIFF, Mary D., « Invention, Resemblance and Fragonard's Portraits de fantaisie », *Art Bulletin,* mars 1987.

SHERIFF, Mary D., *Fragonard. Art and Eroticism,* Chicago and London, 1990.

SIMMEN, Jeannot, *Vertigo. Schwindel der modernen Kunst,* Munich, 1990.

SLIVE, Seymour, « Realism and Symbolism in 17th C. Dutch painting », *Daedalus,* 1962, 91, n° 2, p. 469-500.

SNOEP-REITSMA, E., « Chardin and the Bourgeois ideals of his Time », *Nederlands Kunsthistorisch Jaarboek,* 1973, n° 24, p. 147-243.

SNOEP-REITSMA, E., *Shifting meanings of 17th C. Dutch genre paintings,* Deventer, 1975.

SOURIAU, Paul, *L'esthétique du mouvement,* Paris, 1889.

STECHOW, W. et COMER, C., « The History of the Term Genre », *Bulletin, Allen Memorial Art Museum,* Oberlin College 33/2, 1975/76, p. 89-94.

STEWART, Philip, *Imitation and illusion in the French Memoir-novel 1700-50. The art of make-believe,* New Haven, 1969.

STUFFMANN, Margret et al., *Jean-Antoine Watteau. Einschiffung nach Cythèra, L'île de Cyhtère* (catal. d'exposition), Francfort/Main, 1982.

TATON, René, *Histoire générale des sciences,* Paris, 1958, t. II, *La science moderne (1450-1800).*

TATON, René, (dir.), *Diffusion et enseignement des sciences en France au XVIII^e^ siècle,* Paris, 1964.

TE PEERDT, Ernst, *Das Problem des Darstellung des Moments der Zeit in den Werken der Malenden und Zeichenden Kunst,* Strasbourg, 1899.

TESTELIN, Henri, *Sentimens des plus habiles peintres sur la pratique de peinture et sculpture,* Paris, 1696.

THEISSING, H., *Die Zeit im Bild,* Darmstadt, 1987.

THUILLIER, Jacques, *Fragonard,* Paris, 1967.

TIKKANEN, T., *Die Beinstellungen in der Kunstgeschichte,* Uppsala, 1963.

Troyes, Nancy, Rouen, *La scène de genre et le portrait dans la peinture française du XVIII^e siècle,* Troyes, musée des Beaux-Arts, Nancy, musée des Beaux-Arts, Rouen, musée des Beaux-Arts, 1973.

VINCI, Léonard de, *Carnets,* trad. L. Servicen, Paris, 1942.

VINCI, Léonard de, *Traitté de la peinture,* trad. Fréart de Chambray, Paris, 1651.

VINCI, Léonard de, *Traité de la peinture,* éd. A. Chastel, Paris, 1987.

VITET, Ludovic, *L'académie royale de peinture et de sculpture,* Paris, 1861.

WACHMEIER, G., *Dekoration und Ornament bei Watteau,* Salzbourg, 1974.

WESCHER, Paul, « Étienne Jeaurat and the French eighteenth century "genre de mœurs" », *The Art Quarterly,* 1969, t. XXXII, n° 1.

WENTZEL, Horst, *Jean-Honoré Fragonards « Schaukel ». Bemerkungen zur Ikonographie der Schaukel in der bildenden Kunst,* Wallraf-Richartz Museum Jahrbuch, 26 (1964).

WILDENSTEIN, Daniel, « Éléments d'un état de la question sur Watteau », *Gazette des beaux-arts,* 1985, CV, n° 1353, p. 55-60.

WILDENSTEIN, Georges, « Le goût pour la peinture dans le cercle de la bourgeoisie parisienne autour de 1700 », *Gazette des beaux-arts,* sept. 1956, XLVIII, p. 113-195.

WILSON, J.M., *The Painting of the Passions in Theory, Practice and Criticism in Late Eighteenth Century France,* New York, 1981.

WITTKOVER, R., « Chance, Time and Virtue », *Journal of the Warburg and Courtaulds Institute,* 1, n° 4 (19838), p. 313-321.

WOHLFAHRT, G., *Zeit und ästhetische Erfahrung bei Kant, Hegel, Nietszche,* Freiburg, 1982.

WÖLFFLIN, Heinrich, *Principes fondamentaux de l'histoire de l'art,* trad. C. et M. Raymond, Paris, 1989.

WÖLFFLIN, Heinrich, *Renaissance et baroque,* trad. G. Ballangé, Bâle, 1961.

WORRINGER, Wilhelm, *Abstraction et Einfühlung,* trad. E. Martineau, Paris, 1978.

Wrigley, R., *The origins of French Art Criticism. From the Ancien Régime to the Restoration*, Oxford, 1993.

ZICK, Gisela, « Der zerbrochene Krug als Bildmotiv des 18. Jahrhunderts », *Wallraf-Richartz Museum Jahrbuch,* nov. 1969, p. 149-204.

ZMIJEWSKA, Helena, « La critique des Salons en France avant Diderot », *Gazette des Beaux-Arts,* 1970, 6^e per., t. LXXVI.

## INDEX DES NOTIONS

## INDEX DES NOMS

REMERCIEMENTS

Je voudrais remercier ici ceux qui ont dirigé mes recherches : Daniel Arasse, pour la maîtrise à l'Université de Paris I; Francis Haskell, pendant l'année passée en tant que pensionnaire à la Maison française d'Oxford; Hubert Damisch, pour le DEA et la thèse de doctorat à l'Ecole des hautes études en sciences sociales. Louis Marin avait suivi ce travail à partir du DEA, avec la patience, la rigueur et la générosité que tous ses élèves ont connues.

J'exprime toute ma gratitude à ceux qui m'ont aidé de leurs avis et de leurs commentaires: René Démoris, Yves Hersant, Tom Holert, Johanne Lamoureux, Neil McWilliam, Christian Michel, Pierre Rosenberg, Susan Siegfried, Richard Wrigley.

Je voudrais saluer ici le courage éditorial dont Yves Michaud, directeur de la collection « Rayon art » et Mme Jacqueline Chambon, éditeur, font preuve une fois de plus en accueillant cet ouvrage.

Agnès Bouvier a assuré le lourd travail de relecture: ma reconnaissance, elle le sait, va bien au-delà.

Mes parents, Simone et André Jollet, m'ont conservé leur confiance dans les moments difficiles. C'est à eux que ce livre est dédié.

LISTE DES ILLUSTRATIONS

J.-H. Fragonard, *Les Hasards heureux de l'escarpolette,* 1767. Huile sur toile, 81 x 64,2 cm. Londres, Wallace Collection.

F. Chauveau, gravure et J.-B. Oudry, gravure, illustrations de la « Laitière et le pot au lait » de La Fontaine, respectivement dans les éditions de 1668 et de 1755-59; *Perrette et le pot au lait,* vers 1768-70. Huile sur toile, 52 x 65 cm. Paris, musée Cognacq-Jay.

J.-H. Fragonard, *La Bergère*, vers 1753. Huile sur toile, 143, 5 x 90,1 cm. Detroit, Institute of Arts.

J.-H. Fragonard, *La Bascule,* vers 1755. Huile sur toile, 120 x 94,5 cm. Madrid, coll. Thyssen-Bornemisza.

J.-H. Fragonard, *Les Cascatelles de Tivoli,* vers 1760-62. Huile sur toile, 72,5 cm x 60,5 cm. Paris, musée du Louvre.

J.-H. Fragonard, *La Charrette embourbée,* vers 1759. Huile sur toile, 73 x 97 cm. Paris, musée du Louvre.

J.-H. Fragonard, *Les Baigneuses,* vers 1763-64. Huile sur toile, 64 x 80 cm. Paris, musée du Louvre.

J.-H. Fragonard, *La Poursuite* (détail), 1771-72. Huile sur toile, 318 x 215,5 cm. New York, Frick Collection.

J.-H. Fragonard, *Les Débuts du modèle,* vers 1778. Huile sur toile, 0,52 x 0,62 cm. Paris, musée Jacquemart-André.

W. Hogarth, *Boys peeping at Nature,* bulletin de souscription au Harlot's Progress, gravure, 1731.

F.-P. Charpentier, *La Culbute* (d'après Fragonard), 1766. Gravure. Paris, Bibliothèque nationale de France, Cabinet des Estampes.

J.-H. Fragonard, *Jeune enfant debout sur l'appui d'une fenêtre,* vers 1775. Huile sur toile, 0,15 x 0,12 cm. États-Unis, coll. privée.

J.-H. Fragonard, *La Fontaine d'amour,* avant 1785. Huile sur toile, 63,5 x 50,7 cm. Londres, Wallace Collection.

J.-A Watteau, *Le Faux pas,* vers 1717. Huile sur toile, 40 x 31,5 cm. Paris, musée du Louvre.

J.-B.-S. Chardin, *La Ratisseuse,* vers 1738. Huile sur toile, 44,5 x 34,5 cm. Washington, National Gallery of Art.

# TABLE DES MATIÈRES

Achevé d'imprimer
en mars 1998
sur les presses
de l'imprimerie A. Robert
Parc d'activité de la plaine de jouques
200 avenue de coulin
13420 Gemenos